AF140876

1

Damit Erinnerung nicht verloren geht

Fragmente eines Lebens

von

Etti Ruhöfer

**BoD
Books on Demand
2015**

Bibliographische Information der Deutschen Nationalbibliothek: Die Deutsche Nationalbibliothek ver-
zeichnet diese Publikation in der Deutschen Natio-
nalbibliografie, detaillierte bibliografische Daten
sind im Internet über http://dnbdnb.de abrufbar.

© 2015 Edith Ruhöfer
Herstellung und Verlag
BoD – Books on Demand, Norderstedt

ISBN: 9783738629774

Damit Erinnerung nicht verloren geht

Fragmente eines Lebens

Kindheit

Oben, im vierten Stock, unter dem schwarzen Spitzdach, dem Himmel ganz nah, hinter den Fenstern der beiden Dachgauben, hatte Lisas Leben begonnen. Von Pracht und Wohlstand war sie nicht umgeben, hatte auch keine Wiege mit rosa Schleifen, lag wohlbehütet in einem Rechteck aus hohen grünen Holzlatten.

Von den ersten Jahren ihres Daseins weiß sie wenig; war wohl einfach nur da, riss wie ein Jungvogel den Schnabel auf, um Futter zu fordern. Doch ist da ganz schwach die Erinnerung an das lächelnde Gesicht der Mutter, den säuerlichen Geruch von Milch in ihrem großen aufknöpfbaren Leinen-BH, später ihre Hand, die Lisa Sicherheit gab, und an den kleinen Sitz auf der Fahrradstange zwischen Vaters Armen und Beinen, die Erinnerung an die einarmige Puppe, ein paar glasartige Steine, vertrocknete Blumen – wertlose Gegenstände, die sie aber für nichts in der Welt hätte hergeben wollen. Erstaunlich, was ihr plötzlich wieder in den Sinn kommt, als würde eine Stimme aus der Vergangenheit es ihr zuflüstern. Dort oben die linke Dachgaube, hinter der war das Wohnzimmer. Da schlief nachts ihr Bruder; und hinter der rechten war das Elternschlafzimmer. In dem schliefen in den Ehebetten Vater, Mutter und ihre große Schwester, nur nach dem Mittagessen schliefen die Eltern alleine dort und wollten nicht gestört werden – verständlich, oder?

Ihr hohes grünes Gitterbett stand übrigens auch in diesem Zimmer, gleich unter der Schräge neben dem Kleiderschrank. Ein Bett für ein Riesenbaby! In ihm hatten schon die beiden älteren Geschwister ihre ersten Jahre verbracht. Viel zu groß war es für ein Kinderbett – so groß und so solide, dass es sich gut für den Transport eines jungen Elefanten geeignet hätte. Es wäre wohl das richtige Bett für sie, hatte Lisas Mutter gemeint. In diesem Gitterbett schlief sie nachts und tagsüber langweilte sie sich oft darin. Doch wenn die Vorhänge nicht zugezogen waren, kam der Himmel ins Zimmer, setzte sich in den Spiegel der Frisierkommode, die genau gegenüber dem Fenster stand und ließ darin seine Wolkenschiffchen vorüberziehen. Oft stand Mutter mitten im Bild, kämmte ihr schönes blondes Haar und zog sich ein hübsches Kleid an. Dann wusste Lisa, dass auch sie gleich angekleidet und mit zum Einkaufen genommen werden würde.

Wenn Mutter abends fort ging, schloss sie Lisa und Schwester Hanne im Zimmer ein, eine reine Vorsichtsmaßnahme! Mutter hatte nämlich Bruder Günter einmal erwischt, als er sie unter der Bettdecke „untersuchen" und ihr seinen 'Finger' zum Anfassen geben wollte – ja, Finger, so sagte er jedenfalls. Das ging Mutter natürlich zu weit. – Diese Mütter von damals. Dabei ist es doch verständlich, dass man sich in dem Alter für die Beschaffenheit des anderen Geschlechts zu interessieren beginnt. Aber der Intimbereich war nun mal zu dieser Zeit noch 'Streng geheime Reichssache'. So hatte die verschlossene Tür Lisa ganz schön in Bedrängnis gebracht.

Onkel Hans und Tante Mia waren vorbeigekommen, um die Eltern auf ein Glas Bier abzuholen. Natürlich war auch Hund Susi dabei, der bei Besuchen seinen Platz in der Küche im mitgebrachten Körbchen hatte, ein weißer, ständig keifender Spitz mit einer großen roten Schleife um den Hals. Im Verlauf des Abends musste Lisa ganz dringend auf den Nachttopf. Betteln war zwecklos, die gehässige ältere Schwester nutzte mit Wonne ihre Macht aus – rächte sich dafür, dass Lisa als Nesthäkchen bevorzugt wurde. Ein verdammt ungerechter Krieg war das, denn auch der ärgste Feind muss ein Recht darauf haben, seine Notdurft ungehindert verrichten zu können. In ihrer Verzweiflung hangelte sie sich am Kleiderschrank hoch, klammerte sich daran fest und streckte in halsbrecherischer Weise ihren Po über den Rand des Gitterbettes, und vor den Augen der schadenfroh grinsenden Schwester landete die Bescherung auf dem Fußboden. Und plötzlich krabbelte unter dem Bett ein weißes Knäuel hervor. Niemand hatte bemerkt, dass Susi sich ins Schlafzimmer gestohlen und unter dem Bett verkrochen hatte. Und siehe da, Tante und Onkels Liebling stürzte sich auf Lisa Endprodukt und verzehrte es genüsslich schleckend.

Endlich war das blöde Grinsen aus dem Gesicht der Schwester gewichen. Entsetzt und angeekelt schrie sie: „Suuuuusiii!" Susi, die den Ruf nicht als Aufschrei des Entsetzens, sondern als Aufforderung verstanden hatte, sprang mit wedelndem Schwanz und brauner Schnauze zu ihr ins Bett, wurde aber gleich wieder schwungvoll zurückbefördert und rutschte jankend über die blanken Fußbodenbretter wieder dahin, wo sie hergekommen war. Danach war die Schwester furchtbar nett, holte Lisa zu sich ins Bett und kraulte ihr den Rücken, in der Hoffnung, dass Lisa sie nicht verpetze.

Lisas Kindheit war eigentlich unbeschwert. Niemand spürte die Armut, weil alle Leute ein bescheidenes Dasein führten. Die große Arbeitslosigkeit hatte die Menschen hart getroffen. Aber Lisas Vater war ein Meister im Organisieren. Immer brachte er was zu futtern mit von seinen Streifzügen, damit Lisas Familie satt wurde. Bruder Günter, Schwester Hanne und Lisa hatten immer ein gefülltes Bäuchlein und ahnten nicht, wie groß die Not war.

Den überaus praktischen Fähigkeiten ihres Vaters verdankten sie auch ihr gemütliches Zuhause. Den Küchenschrank hatte er selbst geschreinert. Er war hellgrün und mit kleinen Perlleisten verziert. Die

Türen am Oberteil hatten Glasscheiben, die ebenfalls von Perlleisten eingefasst waren, und Mutter hatte kleine Gardinen dafür genäht. Sogar die Küchenuhr an der Wand hatte einen grünen Kasten, verziert mit den gleichen Leisten.

Ein gemütliches braunes Ledersofa stand direkt neben dem Herd, dessen Platte im Winter oft glühend rot war und eine wohlige Wärme ausstrahlte. Kamen wir im Winter vom Spielen heim, steckten wir unsere kalten Füße in den Backofen, bis sie prickelten. Das durfte Mutter aber nicht sehen, weil sie fand, dass es schädlich sei.

Links vom Sofa war eine kleine freie Ecke, die gerade so groß war, dass man die Tür der Speisekammer öffnen konnte. In dieser Kammer stand alles Mögliche: Volle Töpfe, leere Töpfe, Essen für den Abend, das mittags übrig geblieben war, Wasser mit Eierschalen für die Blumen, das furchtbar stank, Zwiebel auf Kandis, woraus ein Saft gewonnen wurde, den wir einnehmen mussten, wenn wir erkältet waren, und viele andere Dinge. – Und an der Tür hing eine Schaukel. Schaukeln war einfach herrlich. Mit ausgestreckten Beinen schwebte Lisa hin und her, über das Sofa in die Kammer, manchmal stieß sie sich den Po an den Regalen.

So schön, wie es sich einerseits in dieser Ecke schaukeln ließ, so gefürchtet war sie andererseits, zu ganz bestimmten Zeiten, denn da hinein flüchteten wir, wenn Vater uns eine Tracht Prügel verabreichen musste. Das geschah immer dann, wenn Mutter das ständige Predigen satt hatte. Sie konnte uns nicht schlagen, dafür war sie viel zu gut, zu weichherzig, sie war ein Engel. Sie redete immer nur, und das nutzten wir schamlos aus. War jedoch das Maß voll, hieß es: „Ich sage es Vater." Der liebte seine Kinder zwar abgöttisch, waren wir aber ungezogen, kannte er kein Pardon. Einmal hatte Günter, der übrigens der älteste von uns war, 50 Pfennige vom Mietgeld gestohlen, das Mutter immer unter der Wäsche im Schrank versteckt hielt. Er hatte es mit einem Freund auf der Kirmes verjubelt, der ihn dann mit Wonne an Mutter verpetzte. Dafür bekam er dann Prügel von Vater, die er lange nicht vergessen konnte. Vater hatte nämlich das Erstbeste genommen und ihm damit den nackten Hintern versohlt. Es war ein Holzbrettchen mit einem Nagel, den Vater in seinem Zorn übersehen hatte. Aus Günters Popo war ein Sieb geworden…

Lisa wohnte in einer wunderbaren Strasse, wo jeden Augenblick etwas geschah. Sie kannte jedes Geräusch. Zum Beispiel konnte sie an der Gangart der Pferde schon erkennen, welches Fuhrwerk gerade die Straße herunter kam. Das kleine zierliche Pferd des Lumpenmanns hatte einen tänzelnden Gang. Der Klang seiner Hufe auf dem Straßenpflaster war wie das leise Aufeinanderschlagen von Kastagnetten. Umso lauter die Stimme des Kutschers, wenn er rief:

„Luuuumpen, Luuuumpen!" Viele bunte Windräder drehten sich an seinem Karren. Wenn er auf der Flöte seine Melodie spielte, liefen wir Kinder hinterher und sangen: „Lumpen, Knochen, Eisen und Papier, ausgehauene Zähne sammeln wir!"

Das Fuhrwerk der König-Brauerei wurde von zwei besonders dicken Pferden mit langen Mähnen und Zotteln an den Beinen gezogen. Sie wirkten behäbig, gemütlich, und so war auch ihr Gang – tacke tacke, tacke ... schwoften sie dahin. Diese kräftigen Pferde hatte Lisa sich besonders oft und eingehend betrachtet. Sie wollte unbedingt herausfinden, weshalb Vater von der Nachbarin, Frau Pielke, immer gesagt hatte, sie habe einen Hintern wie ein Brauereipferd. Dann war da noch der Eismann, der die Leute mit Roheis belieferte. Sein Pferd zog das rechte Hinterbein nach. Kein Wunder, wenn es Rheuma gehabt hätte, wo es doch ständig die feuchte Kälte im Rücken hatte. Den Eismann nannten alle 'Goebbels', weil auch er einen Klumpfuß hatte, wie Goebbels der Propagandaminister von der NSDAP, der 'National-Sozialistischen-Deutschen-Arbeiter-Partei', die unsere neue Zukunft sein sollte!

Goebbels hinterließ überall eine feuchte Spur – weil das Eis tropfte. Sein lautes „Brrrrr" war wie das Knurren eines bissigen Hundes. Wenn er den Eishaken in die durchsichtigen Stangen schlug, um sie sich auf die Schulter ziehen zu können, splitterten kleine Stücke ab, auf die die Kinder sich stürzten, um sie zu lutschen. Mit Vorliebe steckten die Jungs sie den Mädchen in die Blusen, dann gab's Gekreische. Meistens ging Goebbels in die Kneipe an der Ecke. Vorher band er dem Pferd einen Sack voll Hafer vor das Maul. Aber nach Stunden stand das Pferd, das Maul immer noch im Sack, traurig im Eiswasser. Die Stangen auf dem Wagen waren so dünn geworden wie alle Glasbaumeln am Kronleuchter der Großmutter. Kam 'Goebbels' endlich aus der Kneipe, grölte und schimpfte er. Vater sagte dann: „Das gleiche Großmaul wie der da oben." Dabei zeigte er mit dem Daumen immer in eine bestimmte Richtung. Natürlich meinte er den Propagandaminister, von dem behauptete wurde, dass sein Klumpfuß gar kein Klumpfuß sei, sondern das Versteck für die Batterie seiner großen Schnauze. Dann war da der Milchmann, der jeden Morgen um die gleiche Zeit in unsere Straße kam. Der hatte zwar auch einen Klumpfuß, aber der war echt. Der Milchmann war ein freundlicher Mann. Schon von weitem rief die Glocke, die an der Seite seines Fuhrwerks befestigt war, die Leute mit ihren Milchtöpfen aus den Häusern. Es war jedes Mal ein Vergnügen zuzusehen, wie er das Litermaß in die große Kanne tauchte, ganz lässig über den Rand der Kanne einen Topf nach dem anderen füllte, ohne das Maß heraus zu heben. Danach klinkte er es am Innenrand wieder ein. Lisa liebte den Geruch der frischen Milch, aber mehr noch die schlanken, rehbraunen

Pferde, die vor den Wagen gespannt waren. Wenn sie angetrabt kamen, klang ihr Hufgetrappel auf dem Pflaster wie eine wunderschöne Melodie. In meiner Straße roch es immer nach Pferdeäpfeln – nach braunen warmen Pferdeäpfeln, die im Winter richtig dampften, und auf die sich die Spatzen setzten, wie an einen reich gedeckten Tisch. Frau Pielke war im Frühjahr ganz scharf auf den Pferdemist, sie brauchte ihn als Dünger für ihre Erdbeerbeete. „Aber warm missese soi, damit's Pflänzle ebbes wird", ermahnte sie Lisa, wenn diese ihr einen Eimer voll brachte.

Für die zehn Pfennige kaufte Lisa an der Bude bei der dicken Berta Salmiakpastillen, klebte sich damit einen Stern auf den Handrücken und leckte so lange daran, bis der Stern erloschen war.

An manchen Tagen marschierten in breiter Kolonne die Hitlerjungen mit ihren Fanfaren durch die Straße. Eine Hand in die Hüfte gestemmt und mit der anderen das Instrument in den Himmel gerichtet, bliesen sie aus vollen Lungen. Da war sogar Herr Pielke, der als einziger in der Straße ein Automobil besaß, respektvoll am Straßenrand stehengeblieben. Seine Brust blähte sich vor Stolz beim Anblick der „Neuen Generation". Manchmal marschierte auch er mit seinen Parteigenossen. Dumpf klangen auf dem Pflaster die Stiefel im Takt seines: „Links, zwo, drei, vier …!" Dann kam sein Kommando: „Ein Lied!" Und die Männer in den braunen Uniformen sangen aus vollen Kehlen: „Die Fahne hoch, die Reihen fest geschlossen …!" Pielke war schon eine Nummer für sich – eine große Nummer, wie er glaubte. Großmäulig wie der Führer.

„Jetzt schnappt Pielke über", hatte Vater eines Tages gesagt, „jetzt will er wohl Adolf Hitler persönlich sein." Und tatsächlich hatte sein Gesicht Hitler ähnliche Merkmale bekommen: Sein glattes dunkles Haar war in die Stirn gekämmt, und unter seiner Nase war ganz deutlich der Ansatz einer Rotzbremse zu erkennen.

zweiten Stock unseres Hauses wohnte Familie Scharkes. Aus deren Fenster hing immer die längste Hakenkreuzfahne, und Frau Kalinski, die eine Etage tiefer wohnte, ärgerte sich, weil die Fahne ihr das Licht nahm. Fahnen waren neuerdings Pflicht. Für jeden Haushalt eine.

Herr Scharkes, der immer eine braune Uniform trug, machte einen furchtbaren Krach, wenn er mit seinen SA-Stiefeln die Treppen hinunter polterte. Die Leute im Haus nannten das zackig. Aber wehe, wenn Lisa die Treppen hinunter sprang, dann flogen manche Türen auf und verärgerte Stimmen riefen: „Kannst du nicht leiser gehen? Lisa bewunderte Frau Scharkes vor allem wegen ihres „Blauen Salons", wie sie eines ihrer vielen Zimmer nannte. Es war mit blauem Plüsch und glänzenden Teppichen ausgestattet. In der Mitte stand ein schwarzer blanker Flügel. Manchmal spielte sie Lisa etwas vor, und erzählte ihr vom jungen Mozart und seinem frühen Tod. Frau

Scharkes mochte Kinder, denn jedes Ostern versteckte sie Nester auf der Wiese hinter dem Haus. An der Hauswand war dann eine große Leinwand befestigt, bemalt mit einer Blumenwiese und einem riesengroßen Ei. Innerhalb des Eies hatte man die Leinwand einfach aufgerissen, und das sah dann aus, als wäre gerade ein Küken herausgeschlüpft. Wenn die Kinder die Nester gefunden hatten, wurden sie vor die Leinwand gestellt. Hanne und Lisa mussten dann Küken spielen, und später hinter der Leinwand, die jedes Jahr mit einer neuen Jahreszahl versehen war, aus dem Ei schauen, bis Frau Scharkes ein Foto gemacht hatte.

Unten im Haus hatte Frau Natrop ihren Zigarrenladen, deshalb duftete es im ganzen Haus immer nach feinem Tabak.

Damals ging es auf der Strasse noch recht gemütlich zu. Da konnte man sogar auf der Fahrbahn spielen, von einer Seite zur anderen ein Seil spannen, es zum Schwingen bringen und drüber springen. Kam mal ein Gefährt des Weges, wurde das Spiel unterbrochen, man ging in die Hocke, das Seil wurde einfach auf die Fahrbahn gelegt, und man wartete, bis das Fahrzeug darüber hinweg gezuckelt war.

An dem einen Ende der Straße war das Haus, in dem Lisas Oma wohnte, nicht die dünne Oma, die liebe freundliche, nein, die wohnte am anderen Ende der Straße, sondern die dicke Oma, die garstige, die Lisas Strasse nie aus den Augen ließ. Sie saß meistens in einem breiten Sessel auf einem kleinen Podest hinter dem Fenster. Ihre gestärkte dunkelgraue Schürze knisterte förmlich, wenn sie sich bewegte, was sie aber nicht oft tat, weil das ihr Körpergewicht nicht zuließ. Fast bewegungslos saß sie immer da. Betrat man das finstere kleine Zimmer, hätte man meinen können, ein großer Felsblock versperre den Blick aus dem Fenster, wäre da nicht ein sich ständig hin und her bewegender Kopf zu erkennen gewesen. Dieser Oma entging einfach nichts – meistens jedenfalls, doch einmal musste sie durch irgend etwas abgelenkt worden sein: Denn als Lisa, Schwester Hanne und die Eltern von einem Spaziergang kamen, und Lisa schon voraus gelaufen war und an der Tür stand, hörte sie, wie Oma mit ihrer rauchigen Stimme zur Tante sagte: „Räum dä Dösch (Tisch) ab, da kumme Robert und Marie mit de widalich Penz (Kinder)." Niemand mochte diese Oma leiden. Lisa hasste sie sogar, hasste sie so, wie eine Kinderseele überhaupt zu hassen imstande ist. Sie war böse, eigennützig, klein und so rund, als hätten sich in ihr drei Generäle breitgemacht. Opa hätte sogar behaupten können, sie wären in ihr verkörpert. Doch das zu sagen, hätte er sich nie getraut, obwohl er Oma um zwei bis drei Kopflängen überragte. Wer kommt auch schon gegen drei Generäle an?

Wie in einer Kommandozentrale saß sie hinter dem Fenster, beobachtete die Strasse oder erteilte Befehle. Ihr entging einfach nichts. Von Zeit zu Zeit strich

16

sie mit beiden Händen ihre Schürze glatt, wenn diese sich in den Falten ihres Bauches eingeklemmt hatte. Oma hasste Knitterfalten, hasste sie genauso, wie sie ihre Mitmenschen zu hassen schien.aber sie liebte die Strasse, denn die gab ihrem Leben einen wichtigen Inhalt Noch mehr aber liebte sie die Metzgerei Dingel, die genau gegenüber auf der anderen Straßenseite lag. Die war Omas ganze Glückseligkeit. Wenn dort Wurst gemacht wurde und der Duft aus der Wurstküche in ihre Nase zog, wurden Urinstinkte in ihr wach. Blieb schon bei den Mittagsmahlzeiten vom Fleisch kaum etwas für den Rest der Familie übrig, so verschlang Oma an diesen Tagen mindestens drei Kringel Fleischwurst zusätzlich. Niemand in der Familie hätte zu beantworten gewusst, ob der Fleischkonsum schuld an ihrem Leibesumfang war oder die vierzehn Kinder, die sie geboren hatte. Genauso ungeklärt ist geblieben, mit welchen Mitteln sie sich diesen lieben, gut aussehenden Opa geangelt haben mochte. Der Arme saß die meiste Zeit im Hühnerstall und schaute den Hühnern zu, oder die Hühner schauten ihm zu, wie er genüsslich an seiner Pfeife sog und den Rauch in die Luft blies. Manchmal streichelte er die Hühner und sprach mit ihnen. Und wenn aus der Kommandozentrale der Befehl kam, eines zu schlachten, tat er es nur schweren Herzens. Aber die Art, wie er dem Huhn dann den Kopf abriss, ließ ahnen, dass er dabei an einen der Generäle gedacht haben musste, die ihm das Leben so schwer machten.

Einmal, als Opa krank war und Oma selbst ein Huhn schlachten musste, befahl sie Lisa, ihr in die Waschküche zu folgen und das Huhn ganz fest zu halten, damit sie ihm den Kopf abreißen könne. Und der dicken Oma durfte man nicht widersprechen. Also hielt Lisa das Huhn fest und Oma, die unter Einsatz ihres ganzen furchtbaren Körpergewichts an dem Tier riss und zerrte, flog schließlich in eine der Ecken, mit dem Hühnerkopf in der Hand. Vor Schreck ließ Lisa das Huhn los. Das kopflose Vieh flatterte gegen die frisch geweißten Wände der Waschküche und gegen die dicke Oma, dann durch die Tür, drehte noch einige Runden, bis es endlich auf der Strasse liegen blieb. Die dicke Oma, die aussah, als hätte sie die Masern, konnte sich allein nicht mehr erheben. Die Hilfe einiger Nachbarn war notwendig, um sie wieder aufzurichten. Das war ein gutes Stück Arbeit! Sie schnaufte wie ein Walross, das an die Wasseroberfläche kommt, und ihre Augen sprühten wie die des Drachens, bevor Siegfried ihm den Todesstoß versetzte.

Lisas Straße mündete in einen langen Tunnel. Vom fünften Stock des großen roten Backsteinhauses aus, in dem sie gewohnt hatte, erschien der Tunnel wie ein großes Loch, in das alles hineinplumpste, was sich darauf zu bewegte. Stand man dann davor, war das Tageslicht erst wieder hinter einer kleinen runden Öffnung zu sehen, so, als schaute Lisa durch die falsche Seite von Opas Fernglas. Damals glaubte sie, die Bahnlinien der ganzen Welt führten über den Tunnel hinweg. Wenn sie abends aus dem Fenster schaute, war das Bahngelände ein großes Lichtermeer. Sie konnte das Quietschen der rangierenden Züge hören, das laute Tuuuuut, wenn sie ihren heißen Dampf in den Himmel pusteten, das immer schneller werdende Tsch, Tsch, Tsch, Tsch, Tsch, Tsch, wenn sie sich in Bewegung setzten, und das Geräusch vorbeirasender Züge – anschwellend und wieder verhallend. Und bei jedem Zug träumte Lisa sich in die Ferne.

Eines Tages passierte etwas in ihrer Straße, was Lisa nicht verstand. Ein schwarzer Wagen fuhr vor, die Tür öffnete sich – schwarze blanke Stiefel wurden sichtbar. Zwei Männer stiegen aus. Als sie sich aufrichteten, verschwanden die Stiefelschäfte unter ihren langen schwarzen Mänteln. Ihre Hüte, tief in die Stirn gezogen, verdeckten einen Teil ihrer Gesichter. Sie betraten das Nachbarhaus. Als sie es wieder verließen, war das Ehepaar aus der ersten Etage in ihrer Begleitung – nette alte Leute, für die Lisa öfter einkaufte. Zur Belohnung bekam sie dann selbstgebackene Zimtplätzchen. Nun aber schauten diese Leute sie überhaupt nicht an, gingen mit gesenktem Blick an ihr vorbei zum Wagen.

„Raus, ihr Juden! Ihr habt hier nichts zu suchen!",
rief einer aus der Menge, die sich inzwischen ver-

sammelt und ein Spalier gebildet hatte. Zum ersten Mal in ihrem jungen Leben spürte Lisa Feindseligkeit und Hass.

Den ganzen nächsten Tag klirrten Fensterscheiben. Geschäfte wurden geplündert. Sogar Nachbarn machten mit – schrieen „Judenpack!" SA-Männer verprügelten Passanten, warfen Steine – Männer wie Herr Pielke, der ihr vertraut war. „Dieser Tag wird in die Geschichte eingehen", erklärte der Lehrer in der Schule. Dann mussten sich die Geschwister Sarah und David in die letzte Reihe setzen. Ganz allein saßen sie da. Auf ihrer Kleidung war jetzt ein gelber David-Stern mit der Aufschrift 'Jude', den sie jetzt immer tragen mussten.

Täglich begegnete man Menschen auf der Straße, die einen gelben Stern trugen, und sie gingen mit gesenktem Kopf. Lisa war zwar noch ein Kind, aber sie konnte spüren, wie diese Menschen sich fühlten, nur richtig begreifen konnte sie das Ganze nicht. Ihre schöne Straße war jetzt eine hässliche Straße. An vielen Häusern waren die Türen und Fenster mit Brettern zugenagelt. An Wänden und Mauern – auf alles schmierte man Parolen, wie 'Juda verrecke!' und 'Juden raus!'. Aus den Radios ertönte und auf den Straßen grölte man: „Die Fahne hoch, die Reihen fest geschlossen …!" Stolz marschierten die SA-Männer, entschlossen, ihrem Führer, Adolf Hitler, zu folgen. Von dem Tag an marschierten die Männer in den braunen Uniformen öfter, traten fester und entschlossener auf. Manchmal, wenn Lisa gerade eine Schaufel geholt hatte, um für Frau Pielke Pferdemist aufzusammeln, lag er zertreten da. Sie waren einfach drüber wegmarschiert – ohne hinzusehen – immer geradeaus – mit der ganzen Sauerei unter den Sohlen.

Noch war es ihr einerlei, wohin sie marschierten. Was wusste sie schon von Aufrüstung, Mobilmachung und Krieg? Ihre kindliche Unbekümmertheit ließ sie weiter träumen – abends, wenn die Geräusche aus dem Lichtermeer zu ihr herüberkamen.

Doch eines Tages erloschen die Lichter. Die ersten Bomben fielen. Die Angst ließ Lisa keine Zeit mehr zum Träumen...

Über Nacht hatte sich alles verändert. Es war im September 1939, da wurde im Radio verkündet, polnische Soldaten hätten deutsches Gebiet angegriffen und geschossen. Es dauerte nicht lange, bis der Führer Adolf Hitler deutschen Truppen den Befehl gab, zurück zu schießen und in Polen einzumarschieren. Es war Krieg. Natürlich konnte Lisa sich darunter noch nicht viel vorstellen.

In der Schule wurde morgens nicht mehr gebetet, kein Lied mehr gesungen und kein 'Guten Morgen, Herr Lehrer' gesagt. Wenn der Lehrer in die Klasse kam, mussten alle von den Plätzen aufspringen und 'Heil Hitler' brüllen. Uniformen wurden getragen, dem Bund deutscher Mädchen (BDM) musste man beitreten – und gesungen wurde: „Denn heute gehört uns Deutschland und morgen die ganze Welt …" Immerhin hatte Lisa ein kleines Zipfelchen vom ruhigen, wenn auch nicht immer satten Frieden erwischt, bevor Hass und Krieg wie eine große Woge ihre kindliche Welt überrollten und sie mit Angst und Schrecken erfüllten. Dieses Zipfelchen Kindheit war glücklich und unbeschwert gewesen, abgesehen von den vielen Wochen, in denen sie täglich zu dem kleinen weißen Haus in der Siedlung laufen musste, um Essen zu holen. Viele Leute, die dort wohnten und Hitler treu ergeben waren, versorgten arme und kinderreiche Familien mit warmen Mahlzeiten und dienten so der Partei und dem Führer des Großdeutschen Reiches, der genau wusste, dass seine Ziele eines Tages viele Menschenleben fordern würden. Kinderreichtum belohnte er mit dem Mutterkreuz, einer Auszeichnung, die für jede „echte deutsche Frau" ein Ansporn zum freudigen Gebären sein sollte. Vater meinte: „Für datt stücksken Blech kann man sich nix kaufen." Die warmen Mahlzeiten aber waren für die hungrigen Mäuler lebensnotwendig. Lisa musste sie mit dem täglichen Gang zu der verhassten Siedlung teuer bezahlen.

„Gib Acht, wenn du übern Stermuschwech gehst", sagte die Mutter immer. – Stermuschwech! So sagten alle – zumindest klang es so. Der Sternbuschweg also, wie er sich schrieb, war die Hauptverkehrsstraße, wenn er auch ganz beschaulich mitten durch

Neudorf verlief. Er trennte die weiße Siedlung von dem Viertel mit dem großen roten Backsteinhaus, in dem Lisa geboren und aufgewachsen war – eine räumliche Trennung, aber auch eine, die durch die Köpfe der Leute ging. Und so fühlte sie sich auch immer wie ein Kind von der anderen – von der falschen Seite, das in der weißen Siedlung nicht gern gesehen war (trotz aller Parteifürsorge). Viele Führertreue wohnten in der Siedlung, auch die Schwiegereltern vom Propagandaminister Joseph Göbbels. Lisa duckte sich jedes Mal, wenn die große hagere Frau aus der Tür trat und sie mit ihren strengen Augen ansah. Das Haar der Frau, straff nach hinten gekämmt, war im Nacken zu einem echten deutschen Knoten gewunden. Wie einen Schild trug sie ihre Ergebenheit zum Führer vor sich her, wenn sie, den Arm ausgestreckt und die Nase wie eine Speerspitze nach vorne gerichtet 'Heil Hitler' sagte. Lisa hob sonst gern den Arm zum Gruß, weil sie sich dann so erwachsen fühlte. Aber ihren Gruß erwiderte sie nicht. Sie mochte diese Frau nicht.

Wortlos nahm die Frau dann die Tasche mit den Töpfen entgegen und schloss die Haustür. Ausgesperrt wie eine Bettlerin wäre Lisa am liebsten eine der Ameisen gewesen, die in einer langen Reihe unter der Treppenstufe des Hauseingangs verschwanden. Und wie gerne hätte sie einmal gesehen, wie die feinen Leute wohnen. Ein Bad, ein Waschhaus, einen eigenen Kindergarten und sogar ein Dienstmädchen sollten sie haben, so erzählte man sich in dem Viertel, wo Lisa wohnte, und man sprach, verständlicher Weise ein wenig neidisch, von der Siedlung der faulen Hausfrauen.

Dass ausgerechnet die Eintöpfe dieser alten Hexe allen zu Hause die Mägen füllen mussten! Aber Lisa rächte sich, indem sie eine lange spitze Zunge machte, die sie der verhassten Frau hinterher schickte.

Die Demütigungen nagten an ihrer Unbeschwertheit – sorgten dafür, dass sie sich klein und unbedeutend fühlte.

In der Siedlung befanden sich auch die Dienststellen der Parteigenossen. Lisas Vater, viele Jahre erwerbslos, hatte sich in die Partei aufnehmen lassen. Es wurde ihm ein besseres Auskommen für sich und seine Familie in Aussicht gestellt. Mit einem der höheren SA-Männer verband ihn eine lange Freundschaft. Das hatte für ihn Vorteile. Aber Lisas Vater war ein Mensch, der das sagte, was er sagen wollte. Was sehr gefährlich war. Ein falsches Wort gegen das Regime konnte KZ (Konzentrationslager) bedeuten. Ja, es war eine Zeit, in der man mit seiner eigenen Meinung zurückhaltend sein musste. Das konnte für Vater auf Dauer nicht gut gehen, das befürchtete auch Lisas Mutter. Eine Anordnung von 'oben' passte dem Vater nicht. So kam es dann eines Tages zu der Bemerkung: „Der Adolf kann mich am Arsch lecken!" Seinem Freund hatte er es zu verdanken, dass er den befürchteten Weg ins KZ nicht gehen brauchte, sondern nur aus der Partei geworfen wurde.

Fast täglich wurde der Ernstfall geprobt. Wenn die Sirene heulte, mussten die Leute in den Keller. Ein gepackter Koffer mit den wichtigsten Papieren und Sachen sollte immer bereit stehen. Erst bei Entwarnung durften sie den Keller verlassen. Damit auch die Vorschriften eingehalten wurden, gab es jeweils für ein paar Häuserreihen einen Blockwart, Leute, die meistens wie 'scharfe Hunde' waren, weil sie mit den 'Wölfen' heulen wollten. Dann begannen die Angriffe. Erst ein oder zwei in der Woche, später Tag und Nacht. Schon bei den ersten Bombenangriffen wurde die Schule zerstört. Immer häufiger mussten die Schutzräume aufgesucht werden. Die Sirene weckte die Bewohner schon mit dem ersten Ton. Später wurde sie manchmal nicht gehört, weil die Menschen übermüdet waren.

Lisa ging für 6 Wochen in die Kinderlandverschickung. Ihre Mutter bestand darauf, weil Lisa Untergewicht hatte. Sie sollte ihr Bäuchlein mal so richtig voll bekommen. Ein wenig Angst um die Familie nahm Lisa aber mit – weil sie inzwischen wusste, was diese Angriffe anrichten konnten. Außerdem gab es noch einen Grund zur Sorge, der aber Lisas Geheimnis war: Ihre Mutti hatte einen dicken Bauch und das hieß, dass sie ein Baby bekommen würde. Das durfte man aber in ihrem Alter (9 Jahre) seinerzeit noch nicht wissen. Lisa aber wusste es aus dem

Doktor-Buch, das im Wäscheschrank unter der Bettwäsche lag. Aufklärung durch die Eltern fand damals nicht statt.

Erst ein paar Tage war sie auf dem Land, als sie einen Brief bekam, in dem stand, dass sie ein Schwesterchen bekommen habe – eine Ursula. Jetzt wusste sie auch, weshalb Vater immer gesungen hatte: „Ich wünsch mir eine kleine Ursula …"

Lisas Pflegeeltern hatten zwei freche Gören, die eine war acht und die andere zwölf Jahre alt. Für sie war Lisa natürlich der Eindringling. Sie waren nur darauf bedacht, möglichst viel anzustellen, Dinge, die Lisa dann ausbaden musste. Zur Erholung würde sie fahren, so hatte es geheißen. Doch sie musste jeden Tag mit aufs Feld. Und abends machte sie dann noch den Abwasch in der Küche. Als die Eltern erfuhren, dass Lisa dort arbeiten musste, holten sie sie zurück nach Hause. Nach ein paar Tagen stellte die Mutter fest, dass Lisa Läuse hatte. Ihre Kopfhaut war vom Kratzen schon total entzündet. Tagelang weichte Mutter die verkrustete Kopfhaut auf und stülpte Lisa dann eine mit einem essigähnlichen Entlausungsmittel getränkte Haube über den Kopf – und auf die offenen Wunden. Lisa schrie fürchterlich. Nach einer Zeit zuhause bei der Familie und dem kleinen Schwesterchen, ging wieder ein Transport, dieses Mal in den Schwarzwald zur Bühler Höhe ins Kurhaus Plättig. Dorthin fuhr man mit dem Schiff den Rhein aufwärts. Das war für die Kinder ein ganz großes Erlebnis. Auf dem Schiff waren Matrosen in weißen Uniformen mit blauen Bändern an den Mützen. Jeden Abend legte das Schiff irgendwo an, wo die Kinder von Leuten abgeholt wurden, bei denen sie übernachteten. An der Anlegestelle in Germersheim wurde Lisa von einer Frau abgeholt, die in Begleitung ihrer Tochter mit dem Namen Zita war, und nur drei Jahre älter als Lisa. Das wusste sie aber damals nicht. In der BDM-Uniform erschien sie ihr sehr erwachsen. Die Freundschaft mit Zita besteht noch heute.

Da wir alle mit dem Glauben an den Führer infiziert waren und unser Sinnen und Trachten ganz auf ihn ausgerichtet war, gehorchten wir. Morgens wurde als Erstes die Fahne gehisst. Alle standen im Halbkreis, in Uniform natürlich, mit erhobenem Arm. Und während die Fahne hochgezogen wurde, sangen sie: „… denn die Fahne ist mehr als die Freiheit und der Tod…". Am Abend wurde sie wieder eingeholt mit dem Lied: „Wir holen die Fahne nieder, sie geht mit uns zur Ruh, und morgen weht sie wieder neuen Kämpfen zu …"

Es war einfach schön, vor allem hat ihr die Gemeinschaft gefallen. Und dann der Schwarzwald, das Kapellchen hinter dem Kurhaus, der kleine Steilhang – die Abkürzung von Bühl hinauf zur Höhe, über Wurzeln, durch Gestrüpp, manchmal auf allen Vieren, das alles war so wunderbar und hat sich ihr stark eingeprägt ... Wenn sie heute daran denkt, spürt sie ihre Schritte – bergauf und bergab, riecht den Duft des Waldes und hört das Knirschen ihrer Sohlen auf dem Kiesweg zum Hotel. Schon als Kind waren ihre Empfindungen für alles Schöne in der Natur sehr ausgeprägt. Einmal hat das ganze Lager im Schnee eine Nachtwanderung zum nahe gelegenen Jungenlager gemacht, denen sie dann ein Ständchen brachten. Da flogen die Fenster auf und zum Dank brach ein Pfeifkonzert los, das sich in den dunklen Baumkronen verfing. Geschriebene Grüße um Steine gewickelt flogen in die Fenster. Es war ein wunderbares Erlebnis.

Das Kurhaus, in dem die 90 Mädels untergebracht waren, hatte einen großen Saal mit Parkettboden, auf dem es sich herrlich Spitzentanzen ließ – himmlisch für Lisa. Nur der Verschleiß der vielen Pantoffeln brachte Lisas Mutter echt in Schwulitäten, weil sie nicht wusste, wo sie die alle herholen sollte, es gab ja nichts.

Auch die Weihnachtszeit ist unvergesslich. Für die Kinder, deren Väter im Krieg waren, wurde Spielzeug hergestellt. Ganz besonders ist Lisa das Schmirgeln der Bauklötze noch in Erinnerung. 90 Mädels schmirgelnd und singend an Tischen. Das kann man nicht vergessen. Vor allem auch den Duft des Holzes nicht, der durch das ganze Haus zog. Als dann Weihnachten war und die Päckchen von zuhause geöffnet wurden, flossen Freudentränen, und Heimweh kam auf.

Natürlich hatte das Haus auch ein Krankenzimmer. Bei so vielen übermütigen Wilden kam es oft zu kleinen Unfällen, und daneben mussten auch andere Wehwehchen behandelt werden, so dass das Zimmer nie unbewohnt war. Lisa hatte freiwillig die Versorgung der Kranken übernommen. Zu jeder Malzeit brachte sie auf einem Tablett das Essen zu den Kranken. Wenn sie dann endlich selber zum Essen kam, waren die anderen schon fertig. Das machte ihr aber gar nichts aus. Eine Art Belohnung, so sah sie es, bekäme sie dann irgendwann einmal dafür. Die Zeugnisse standen an. Am Kopf der Zeugnisse waren vier Fächer: Ordnung, Disziplin, Einsatzbereitschaft und Kameradschaft. Das war in einem Lager sehr wichtig. Die Benotung der Fächer Einsatzbereitschaft und Kameradschaft erfolgte im Kreise aller. Es wurde gefragt: „Was glaubt ihr, hat die oder die in dem oder dem Fach verdient?" Dann galt die Frage Lisas Zeugnis, und die Mädels riefen: „Sehr gut, sehr gut …"
Es ist kaum zu beschreiben, wie glücklich sie war. Sie hatte das doch alles gerne getan, es hatte sie stolz gemacht, helfen zu dürfen, und nie hatte sie gedacht, dass dies etwas Besonderes sei, und dafür auch noch in der Form belohnt zu werden, das konnte sie kaum verstehen. Aber sie war ganz stolz.
So brachte sie ein Zeugnis nach Hause mit vielen guten Noten. Die beiden Fächer oben stärkten ihr Selbstbewusstsein, das bei ihr kaum vorhanden war.

Ein halbes glückliches Jahr war dann beendet. Lisas Mutter hatte inzwischen noch ein Baby bekommen, wieder ein Mädchen. Und als Schutz vor den Bombenangriffen gab es nicht mehr nur die Luftschutzkeller, es gab jetzt Luftschutzbunker – hohe eckige Betonklötze, mit lauter kleinen runden Luftlöchern, die auch heute noch – so, als wären sie sich ihrer Unüberwindlichkeit bewusst – ihr Umfeld beherrschen. Viele Menschen konnten dort Zuflucht finden. Auch in der Unterführung unter dem Bahngelände, dem so genannten gelben Bogen, hatte man die Stollen, die rechts und links hinter der Mauer verliefen, zum Schutz vor den Bomben für die Menschen zugänglich gemacht. Für Lisas Familie war die Unterführung am nächsten und sichersten. Gleich in der ersten Nacht Sirengeheul, Such-Scheinwerfer am Himmel, und schon schoss die Flugabwehr (Flak) vom nahe gelegenen Schlackenberg ihre Salven in den Himmel – Wumm – Wumm – Wumm ...! Viel zu spät hatten die Sirenen geheult. Die schwerbeladenen Bomber waren schon zu hören. Der Versuch, noch die Unterführung zu erreichen, war riskant. Doch die Menschen rannten. Dann das unheimliche Singen einer Bombe ... auf den Boden werfen ... Detonation abwarten ... aufstehen ... weiter laufen, und wieder das Singen, und wieder hinwerfen ... Detonation abwarten und weiter laufen ... Erschütternde Schreie eines Nachbarkindes, das sich nicht auf die Erde geworfen hatte, als in der Luft der hohe singende Ton der herabsausenden Bombe zu hören war. Es hatte sich von der Hand seiner Mutter losgerissen und lief schreiend weiter, bis es von einem Bombensplitter tödlich getroffen wurde. In der Angst achtete kaum jemand darauf, jeder rannte um sein Leben, bis der schützende Stollen unter der Eisenbahnbrücke erreicht war.

Wie oft hockte Lisa mit den zwei Kleinen weinend und mit blutenden Knien auf dem Boden des engen Stollens, alle drei die Gesichter in den Schoß der Mutter gedrückt. Bei jedem Pfeifen in der Luft drückte die schützende Hand der Mutter die Köpfe ihrer Kinder fester an sich. Wegen des Druckausgleichs in den Ohren sollte man bei den Detonationen den Mund geöffnet halten, Mutter sagte es immer wieder. Speichel und Tränen rannen auf Mutters Rock...

Nach Ostern 1943 ging wieder ein Transport der Kinderlandverschickung, in die Tschechei diesmal, und Lisa fuhr mit. Eine schlimme Fahrt – drei Tage und zwei Nächte, dritter Klasse auf Holzbänken. Am Tage wurde der Zug oft von Tieffliegern beschossen. Dann mussten alle unter den Zug kriechen. In Prag angekommen wurden sie in Gruppen aufgeteilt und in verschiedene Lager nach Podiebrad geschickt. Lisa kam ins Haus Jelena. Wusste schon über das Lagerleben Bescheid und konnte sich gut einordnen.

Podiebrad war ein kleiner Kurort, gleich an der Elbe gelegen, und hatte einen wunderschönen Kurgarten. Lisa erinnert sich, dass in einer großen Wandelhalle das gesamte Großlager (das heißt: alle Kinder, die sich im Rahmen der Kinderlandverschickung in Podiebrad befanden) das Weihnachtfest feierte. Es war schon beeindruckend: der riesengroße Tannenbaum, die langen geschmückten Tischreihen und die Weihnachtslieder, gesungen von einem Chor von mehreren hundert Stimmen. Ein Eindruck, der sich ihr eingeprägt hat. Ein ganzes Jahr verbrachte sie in Podiebrad, und dort wurde sie auch aus der Schule entlassen.

Zweimal hatte die Mutter sie in der Zeit besucht, die Strapazen der langen Fahrt auf sich genommen. Aber der Besuch galt nicht allein Lisa, sondern auch einer Freundin der Mutter. Die lebte mit Mann und Tochter (die beide der Duisburger Oper angehörten, der Mann dem technischen Personal, die Tochter dem Ballett) in Prag, nachdem das Duisburger Opernhaus durch Bomben zerstört worden und die gesamte Oper nach Prag umgezogen war. Für diesen Besuch durfte Lisa das Lager verlassen und mit der Mutter ins 50 Kilometer entfernte Prag fahren …

Kurz nach Ostern 1944 kam Lisa nach Duisburg zurück, und gleich erlebte sie einen heftigen Angriff. Den Gang zum Tunnel konnte man nicht mehr wagen, weil die Sirene erst zu heulen angefangen

hatte, als die Bomben schon fielen. Herausgerissen aus einem festen Schlaf und einem Traum von züngelnden Flammen, die ihr Zuhause verwüsteten, schrie Lisa. Mutter konnte sie nicht beruhigen, zerrte sie schließlich aus dem Bett und dann hinunter in den Keller. Nach der Detonation einer Bombe ging das Licht aus. Da ertönte plötzlich eine Stimme: "Mutter, Mutter hilf mir!" Und eine andere Stimme: „Wir brauchen Licht! Wo sind die Kerzen?" Dann das Aufflackern eines Streichholzes – der matte Schein einer Kerze verbreitete sich, der gespenstisch die Schatten der zusammengekauerten Körper an die Wand warf. Wie verlassen hatte Lisa sich mit den zwei Kleinen im Arm ohne den Schutz der Mutter gefühlt, die damit beschäftigt war, eine Decke von Wand zu Wand zu spannen, hinter der dann ungewohnt energisch ihre Stimme zu hören war: „Pressen! Pressen!" Dazwischen das Stöhnen einer Frau, und immer wieder: „Pressen!" Danach ihr Ausruf: „Eine Junge! Es ist ein Junge!"
Draußen gaben die Sirenen Entwarnung, und in den Heulton hinein schrie das kleine Menschlein sein Recht auf Leben hinaus. Über Schutt und Geröll ging der Weg nach oben. Das Nachbarhaus war völlig zerstört. Still und gespenstisch ragten Eisenträger in den Him-mel. Gardinen flatterten wie weiße Fahnen im Wind. In diesem Haus hatte niemand überlebt. Doch nur einen Steinwurf weiter

war, wie ein Grashalm in verbrannter Erde, ein
neues Leben entstanden ...

Für Lisa begann das Pflichtjahr, die erste Stufe zum
Erwachsenwerden. Dabei hatte sie noch Glück: Statt
in einer Fabrik arbeiten zu müssen, wurde sie als
Helferin in einem von Nonnen geleiteten Kindergarten eingesetzt. Die Aufgabe und die Verantwortung
für die Kleinen erfüllten sie mit Stolz. Die Schwes-
tern schätzten ihren Arbeitseifer. So hätte sie einen
leichten Start gehabt, wären da nicht die Bombenangriffe gewesen. Drei Angriffe in knapp vierund-
zwanzig Stunden. Schon morgens ging es los. In der
Luft das Brummen der Flugzeuge, das Pfeifen der
Bomben, die Einschläge ringsherum, das laute Beten
der Nonnen, lauter und flehender nach jedem Ein-
schlag. Die schreienden Kinder, die an Lisa hingen –
an ihr, der kaum Fünfzehnjährigen, der selbst vor
Angst zum Schreien zumute war, aber entschlossen
versuchte, die Kinder zu trösten, während die Nonnen auf den Knien Gott um Schutz und Hilfe baten.
Jede Detonation ließ das Haus erzittern. Putz fiel
von Decken und Wänden, Staub machte die Luft
zum Ersticken dick, und die schwarzen Hauben und
Gewänder der Nonnen grau.
Irgendwann gaben die Sirenen Entwarnung. In Panik
rannte Lisa nach Hause. Auf dem großen Platz vor
dem Kindergarten gab es viele Bombentrichter dicht
nebeneinander, durch die sie laufen musste, weiter

durch Straßen voller Schutt, vorbei an zerstörten und brennenden Häusern. Auch Lisas Zuhause hatte gebrannt, doch das Feuer konnte von den Nachbarn gelöscht werden. Am nächsten Tag war der Platz vor dem Kindergarten weiträumig abgesperrt – Blindgänger mussten entschärft werden …

Bei diesen drei Angriffen im Oktober/44 verlor Lisas Familie sieben Verwandte. Sie hatten auf ihrem Hof einen Erdbunker. Bis auf den Onkel, der außer Haus war, befanden sich acht Familienmitglieder in diesem Bunker, als eine Bombe ihn traf und sieben Leben auslöschte. Wie ein Wunder wurde das jüngste, ein Baby, vom Luftdruck der Bombe hinausgeschleudert. Noch eingewickelt in einer Decke lag es leise weinend hinter einem Betonbrocken. Onkel holte die Toten aus dem zerstörten Bunker und trug sie in die Wohnung wo er sie nebeneinander auf den Fußboden legte.

Lisas Mutter wollte Abschied nehmen von den Toten Der Friedhof war übersät mit Särgen (längliche Kisten aus einfachen Holzbrettern). Als sie endlich die erfragte Feldnummer gefunden hatte, suchte sie nach sieben Särgen, fand aber nur einen mit sieben Namen.

Sie wusste noch nicht, dass bei dem zweiten Angriff das Haus, in dem die Toten lagen, von einer Brandbombe getroffen worden und ausgebrannt war. So konnte Onkel dann nur noch die Überreste seiner Familie in die Sargkiste legen … Das Letzte, was sie

über den Onkel erfuhren, war, dass man ihn in eine
Nervenklinik gebracht hatte.

ei diesen drei Angriffen auf Duisburg warfen die
britischen Bomber in knapp 24 Stunden 9.ooo Tonnen Brand- und Minenbomben ab. In diesem Bom-
benhagel starben mehr als 2500 Menschen.

Das war zuviel für Lisas Vater. Er bestand darauf.
dass seine Familie mit dem nächsten Transport in
die Evakuierung nach Biberach fuhr. Vater brauchte
aus gesundheitlichen Gründen nicht an die Front. Er
hatte in seinem früheren Beruf als Artist eine Menge
Knochenbrüche erlitten. So war er denn beim 'Si-
cherheits- und Hilfsdienst' (SHD), musste nach Angriffen Tote und Verwundete aus den Trümmern
bergen und Aufräumungsarbeiten verrichten. Oft,
wenn er nach Hause kam, konnte er nichts essen,
denn manchmal wurden nur Teile von Toten gebor-
gen. Lisa erinnert sich, dass er noch lange Zeit nach
dem Krieg kein rohes Fleisch sehen konnte.

Und so machten sich Lisa, Mutter, die ältere
Schwester und die beiden Kleinen auf den Weg. Am
Tage war es immer gefährlich mit dem Zug zu
fahren, wegen der Tiefflieger, die überraschend aus
den Wolken geschossen kamen mit einem
unheimlich heulenden Ton, doch dieses Mal blieben
sie aus. So kam die kleine Gruppe wohlbehalten in
Biberach an, wo sie eine Wohnung zugeteilt
bekamen.

Erst ein paar Tage wohnten sie dort, als es an der Tür klingelte. Lisas Mutter öffnete. „Von ihrem Sohn", sagte eine Männerstimme. „Lebt er?", fragte die Mutter, während sie gebannt auf einen weißen Zettel blickte. Der junge Soldat hatte genickt und verlegen mit dem Zeigefinger an den Rand seines Käppis getippt, bevor er sichtlich gerührt über die Freude, die seine Botschaft bereitet hatte, verschwand.

„Er lebt! Er lebt!", rief Mutter immer wieder. „Er ist nur verwundet und liegt in einem Lazarett in Ravensburg – in Ravensburg – gar nicht weit von hier lebt Günter!" Dabei weinte sie. Bruder Günter war mit achtzehn zur Waffen SS gegangen. Schon lange waren Briefe an ihn ohne Antwort geblieben. Aber die Mutter hatte ihm unentwegt alles berichtet, so auch von der Evakuierung. Zwar war schon hinter vorgehaltener Hand davon gesprochen worden, dass der Krieg bald zu Ende wäre, aber keiner wusste was Genaueres. Da klopfte doch eines Tages tatsächlich dieser junge Soldat an die Tür unseres neuen Zuhauses, und überreichte einen Zettel – ein Wunder! Nichts auf der Welt hätte die Mutter davon abhalten können, ihn dort zu suchen, auch nicht das Näherrücken der Front, die schon zu hören war. Hals über Kopf wurden die Rucksäcke gepackt, und große, kleine und noch kleinere Füße machten sich auf den langen Weg zu Fuß von Biberach nach Ravensburg, darauf vertrauend, gelegentlich von

einem Fahrzeug mitgenommen zu werden. Und so war es dann auch. Ein Bauer hatte Erbarmen und nahm die kleine Gruppe auf seinem Pferdefuhrwerk mit. Doch irgendwann stürzte plötzlich ein Tiefflieger aus den Wolken. „Runter vom Wagen!", rief der Bauer. Die in Panik geratenen Pferde bäumten sich auf und stoben los, noch bevor alle vom Wagen gesprungen waren. Durch den plötzlichen Ruck fielen sie auf den Weg. Lisas Mutter hatte Mühe, die Kleinen in ein Kornfeld zu ziehen. Kugeln peitschten den Sand auf. Der schwarze Vogel kam zurück, stürzte sich aufheulend auf die am Boden liegenden und verschwand wieder. Dann war es still, beklemmend still ...
„Die schießen auf alles, was sich bewegt", rief der Bauer. „Gehen Sie zu dem Hof dort drüben und warten Sie, bis es dunkel ist." Die Bäuerin hatte den Angriff beobachtet und ließ alle ins Haus. Als es dunkel geworden war, ging es weiter in Richtung Ravensburg. Das Grollen der Front im Rücken, ein glutroter Himmel über dem angestrebten Ziel ließ glauben, auf dem Weg in die Hölle zu sein.
Auf der dunklen Landstraße lag ein erschossenes Pferd in seinem getrockneten Blut. Das Weiß seiner Augen leuchtete gespenstisch in der Dunkelheit. Die Kleinen schrien vor Angst. Ihre Schreie zerrissen die Stille in einer Feuerpause. Ein Trupp Soldaten mit Panzerfäusten auf den Schultern tauchte aus dem Dunkel auf – lautlos. Ihre Stiefel waren mit Lappen

umwickelt. „Sie sind hier in Frontnähe, verhalten Sie sich ruhig!" Leise, aber bestimmt war die Aufforderung. Dann hatte die Nacht den Trupp verschluckt. Die Kleinen hingen an der Mutter und an der Schwester. Einsamkeit herrschte wieder. Klein wie eine Ameise und schutzlos fühlte sich Lisa. Sogar der Schutz der Mutter hatte an Bedeutung verloren vor der unendlichen Weite der Landstrasse unter dem blutroten Himmel ... Dieses Gefühl, bei Nacht auf einer Landstraße, kein Haus, kein Leben nur Felder und Himmel – und diese Angst. Es lässt sich nicht beschreiben. Lisa fühlte sich so winzig klein, allein in dieser großen, weiten, gefährlichen Welt. Vielleicht hatte Mutter diese Angst gespürt und ein Gebet zum Himmel geschickt, denn irgendwann tauchte aus der Dunkelheit ein Lastwagen auf, dessen Fahrer sie alle mitnahm. Es war ein Verwundetentransporter auf dem Weg zu einem Lazarett in die Stadt unter dem roten Himmel. Der Lastwagen fuhr ohne Licht. Niemand sprach ein Wort. Nur das leise Summen der Motoren und das verhaltene Stöhnen der Verwundeten waren zu hören.

Es war schon hell geworden, als Ravensburg zu sehen war. Vor der Stadt brannten die Munitionsdepots. In einem Auffanglager, einer großen Halle mit ein paar hundert dreistöckigen Betten, belegt von Männern, Frauen und Kindern, fanden sie Unterkunft. In dem Chaos der Stadt, zwischen den vielen Verwundeten war auch Bruder Günter.

In den nächsten Tagen war die Artillerie nur noch selten zu hören. Ravensburg wurde kampflos übergeben. Jubelnd empfingen die Menschen die französischen Befreier, bewarfen sie mit Blumen. Wie ausgelassene Kinder gebärdeten sich auch die Soldaten, sprangen von ihren Panzern, umarmten Leute, die ihnen Blumen an die Stahlhelme steckten. Es gab keinen Unterschied zwischen Gewinnern und Verlierern. Es gab nur überglückliche Menschen...

Neben Lisas Bett, sie lag ganz oben, tauchte plötzlich ein dunkelhäutiges Gesicht auf, das eines Marokkaners. Starr vor Schreck war Lisa. Aber dann bückte er sich runter zur Mutter, streichelte ihren Arm mit den Worten: „Arme Mama." Er sorgte dafür, dass wir eine andere Unterkunft bekamen. Es war ein Klassenzimmer in einer Schule. Auf dem Boden lagen Strohsäcke. Aber uns wäre alles Recht gewesen, nur raus aus diesem großen Saal mit den vielen Menschen.

Am anderen Morgen kam wieder die Angst. 2 französische Soldaten mit Stahlhelmen und finsteren Gesichtern betraten das Klassenzimmer. Die Maschinengewehre auf die am Boden Liegenden gerichtet gingen sie langsam an den Strohsäcken vorbei. Die Kleinen weinten leise. Eine Frau sprach französisch und hatte den Mut, die Soldaten anzusprechen. Sie sagte ihnen, dass es zu kalt sei, keine Decken, die Heizung sei nicht in Betrieb. Das hatte Wirkung. Die Soldaten holten den Hausmeister, und jetzt waren die Maschinengewehre auf ihn gerichtet. Die Soldaten befahlen ihm, Decken zu holen und die Heizung anzustellen.

Es brauchte eine Weile, bis sich alle von diesem Schreck erholt hatten, Nun war es schon erträglicher in diesem leeren Klassenzimmer.

Zuhause wartete Lisas Vater. Geduld war nie seine Stärke gewesen und Warten schon gar nicht. Er befand sich in der englischen Zone, und der Rest der Familie in der französischen. Überwechseln ohne Passierschein war nicht möglich. Das galt aber nicht für Lisas Vater. Der nahm kurzerhand sein Fahrrad und machte sich, in der Hoffnung, von den Besatzern nicht erwischt zu werden, auf den Weg nach Biberach, wo er aber niemanden antraf. Sie sind zu Hause, hatte er wohl gedacht. Freudig schwang er sich wieder auf sein Rad und strampelte zurück nach Duisburg. Dort fand er die Nachricht: „Wir sind in Ravensburg. Haben Günter gefunden!" So stieg Vater wieder auf sein Rad, und ab nach Ravensburg. Das Verhängnis nahm seinen Lauf.

Inzwischen, den heiß ersehnten Passierschein in der Tasche, machten sich fünf glückliche Menschen von Ravensburg auf den Weg über die wiederhergestellte Bahnstrecke nach Duisburg. – Armer Vater!

Das Glück der Familie wäre nach Vaters Rückkehr vollkommen gewesen, hätten da nicht die insgesamt zweitausendachthundert erfolglos geradelten Kilometern die freudige Erwartung getrübt...

Der Krieg hatte ein Ende …

Vermächtnis

Vorbei sechs Jahre Zerstörung
Sperrstunde ...
Gespenstisch die Stadt.
Menschen wie Maulwürfe in Erdlöchern.
Rauchende Rohre
hier und da ein schwaches Licht

Frauen auch Kinder auf Schutthalden
klopfen Steine
für den Wiederaufbau
Blut an den Händen.
Grauer Staub bedeckt das Chaos,
will auch den Rest ersticken.

Männer, bärtig, ausgezehrt,
in abgetragenen Wehrmachtsmänteln,
hoffen auf Nachricht ihrer Angehörigen,
geschrieben auf Mauerresten.
Die einzige Möglichkeit sich mitzuteilen

Vor Läden Menschenschlangen
geduldig wartend auf Brot.
Das Leben muss weiter gehen...
Männer und Söhne, lebt ihr noch?
Hoffnung macht stark

Das Haus, in dem Lisa aufgewachsen war, hatte den Krieg nicht unbeschadet überstanden. Eine Bombe hatte eine Ecke der oberen Etage weggeschlagen. Die Wohnung gab es noch, jedenfalls von der Straße aus gesehen. Vom Hof aus konnte man in die Zimmer schauen, weil die Außenwände fehlten und die Fußböden mal mehr, mal weniger schräg nach unten hingen. Lisas Vater hatte die zwei vorderen Räume hergerichtet, so hatten alle eine Bleibe. Sogar das Bad, das zwar nach hinten raus lag und sogar noch ein Stück Außenwand hatte, war noch zu benutzen. Allerdings, wenn man in der Wanne stand und sich bewegte, war es wie auf einer Wippe, und es machte ordentlich Krach. An Gefahr dachte dabei niemand, dieses Gefühl war wohl allen abhanden gekommen. Die schrägen Böden hatten es doch auch ausgehalten.

Die beiden Zimmer waren ein großes Glück, es brauchten keine fremden Personen aufgenommen werden, denn in vielen anderen Wohnungen wohnten oft mehrere Familien. Man wurde einfach irgendwo eingewiesen, ob einem die Mitbewohner gefielen oder nicht. Es war anders nicht möglich. Die Leute, die zwischen den Trümmern lebten, mussten ja untergebracht werden.

Für die Bürger war es Pflicht, Steine zu klopfen – Steine für den Wiederaufbau. An eine Ausbildung war nicht zu denken. Die Wirtschaft kam nur zögernd wieder in Schwung. Findige Tüftler machten aus Stahlhelmen Kochtöpfe und aus Gasmasken Siebe für den Haushalt. Die Menschen entdeckten ihr künstlerisches oder praktisches Talent. Die Produkte fanden reißenden Absatz. Andere, die sich mit kleinen Geschäften nicht zufrieden gaben, kauften Schrott, Panzer, Kanonen aus Wehrmachtsbeständen. In ihnen sah man schon die künftigen Großunternehmer und Industriellen.

Zum Leidwesen von Lisas Eltern gab es kaum Lehrstellen. Aber Lisa musste zugeben, dass sie gar nicht böse deswegen war, denn sie hatte absolut keine Lust, einen nüchternen Beruf zu erlernen. Ihr innigster Wunsch war, zur Bühne zu gehen. Musste wohl in ihren Genen gesteckt haben, Ihr Vater war früher Artist und ein Bruder ihrer Mutter ein berühmter Schauspieler. Na, da musste doch irgendwo was hängen bleiben ... Lisas Vater hatte sich, was ihre Berufswünsche anbetraf, eigentlich immer geschlossen gehalten, ihn hatte es ja auch in die Welt der Gaukler gezogen.

Las Fantasie ging oft mit ihr durch. Sie stellte sich vor, die Welt sei ein einziges großes Theater – eine riesige Bühne, auf der geliebt, gehasst und getötet wurde. Schon als Kind steckte sie in Gedanken die Menschen in Kostüme. Sobald sie eine Gruppe Leute sah, stellte sie in Form einer Handlung eine Verbindung zwischen den Individuen her. Das war meistens recht spaßig. Da wurden aus nüchtern dastehenden Menschen plötzlich Wesen mit Riesenköpfen, breiten Mäulern und unendlich langen Füßen, die sich aufeinander zu bewegten und komische Laute ausstießen. Aber auch viel Trauriges hatte sie sich ausgedacht. Aus ihrer Angst heraus, früh sterben zu müssen, starb sie vor dem Spiegel, tausend mögliche und unmögliche Tode.

Lisa war unter den fünf einigermaßen normal geratenen Kindern die Ausgeflippte – die mit dem Bühnenfimmel, die viel Unruhe in die Familie brachte. Das meinte jedenfalls ihre ältere Schwester Hanne. – Hanne, die Biegsame, elastisch wie Vater, eben ein echtes Artistenkind. Und wenn Vater seine akrobatischen Kunststücke vorführte, Hanne kerzengrade auf seinen Handflächen stand und im Spagat auf den Boden landete, war Lisa schrecklich neidisch und eifersüchtig. Das konnte sie nicht. „Stiefen Drikkes", sagte man zu ihr, was absolute Ungelenkigkeit bedeutete. Das wurmte.

Auch wenn sie nicht gerade wie Vater Hochakrobat oder Clown werden wollte, so war sie doch, im Gegensatz zu Hanne, fest entschlossen, in seine so genannten Fußstapfen zu treten. Tänzerin, Sängerin oder Schauspielerin, das wollte sie werden – Berufe, die sich aber damals nicht schickten. Ein Mädchen hatte möglichst etwas Hauswirtschaftliches zu lernen, um eine gute Hausfrau und Mutter zu werden. Gegen Mutter und Ehefrau hatte sie ja nichts – irgendwann mal. Und übrigens: Wenn sie in den Spiegel schaute, sah sie noch keine Frau, obwohl sie

46

manchmal schon so fühlte. Zu Beginn des Krieges war sie noch ein Kind, und jetzt, wo der Krieg zu Ende war, wusste sie nicht so recht, ob sie noch Kind war oder schon Frau.

Heute glaubt sie, dass der Krieg und der Wille, zu überleben, alles Menschliche ausgeschaltet hätte. Auch kann sie sich nicht erinnern, ob sie damals wie ein junges heranwachsendes Mädchen an Jungs, ans Poussieren gedacht hat. Sie fürchtete immer nur, das Erwachsensein nicht mehr zu erleben, obwohl das tägliche Sterben doch ein Ende hatte ...

„Kindheit - ?
Verblieben unter Trümmern.
Bin ich nun Frau oder Kind?
Egal, ich lebe!
Den Gedanken die Freiheit gegeben ...
Was mache ich mit der Freiheit –
mit dem Leben? Bin ich nun Frau oder Kind?
Fühle wie eine Frau,
doch nichts an mir ist fraulich ...
Ausgehungert – ängstlich ...
Egal, ich lebe!"

Gedanken an den Tod gingen Lisa ständig durch den Kopf. Und das Gefühl, jung sterben zu müssen, ließ sie lange nicht los. Selbst heute noch, wenn sie mit dem Sterben konfrontiert wird, gehen ihre Gedanken in die Kindheit zurück, und oft zu ihrer gleichaltrigen Cousine Hannelore, die an einem Blinddarmdurchbruch gestorben war. Sie waren beide acht Jahre alt, und bereiteten sich gerade auf die erste heilige Kommunion vor. Diese erste Erfahrung mit dem Tod war für Lisa furchtbar und unbegreiflich.

An jede Einzelheit erinnert sie sich: an die dunkle Wohnküche, in der es ständig nach Kohlsuppe roch, und wo das weißbezogene Bett stand, in dem die tote Hannelore lag, so klein und still in dem großen Bett. Da hatte Lisa gedacht, es müsste doch nach Blumen riechen, und dass dieser Raum mit dem unangenehmen Geruch nicht als Sterbezimmer geeignet war. Krampfhaft hatte sie die Luft angehalten, aus Angst, den Tod einzuatmen. Alle im Zimmer weinten, bis auf Tante Mariechen, die Mutter von Hannelore, die nur stumm auf das Bett starrte. Auf Lisas Frage, warum die Tante nicht weine, sagte ihre Mutter, sie habe schon zu viel geweint und nun keine Tränen mehr. Als dann Oma und Opa starben, war Lisa zwar traurig, aber lange nicht so unendlich traurig wie bei Hannelores Tod, weil sie ja wusste, dass alte Leute sterben müssen.

Und was empfand sie bei den vielen Toten im Krieg? Sie empfand – gar nichts außer Angst, und nach jedem Angriff Erleichterung darüber, noch einmal davongekommen zu sein.

Das Sterben war so alltäglich, dass das Weinen um die Toten bei den Überlebenden kaum Platz fand. Wie viele Menschen hat der Krieg eigentlich auf dem Gewissen? – Die gefallenen Soldaten, die Vielen, die durch Bomben umgekommen sind, die Juden und andere in den Konzentrationslagern Ermordete. Wollte man diese vielen Toten alle beweinen, die Tränen würden niemals versiegen.

Viele Erlebnisse geraten bei Kindern schnell in Vergessenheit. Sie werden fortgespült von immer neuen Ereignissen, die wie Wogen über sie hereinbrechen. Doch einiges bleibt haften, wie damals Lisas erste Begegnung mit dem Tod, und vor allem: die Gedanken an den Krieg, die durch nichts fortgespült werden können.

Gerade sechzehn, stand ihr Entschluss fest: Schauspielschule! Nahe der Stadtgrenze hatte sich in einem Kurhaus eine Schauspielschule etabliert. Zwar ließ der Geldbeutel ihrer Eltern den Besuch einer Schauspielschule nicht zu, aber sie setzte sich mit dem Versprechen durch, das Geld dafür selbst zu verdienen. Vormittags half sie in Großküchen, reinigte in Restaurants Toiletten und Waschbecken. Die Mägen der Menschen, durch die Hungerzeit entwöhnt, wehrten sich heftig gegen die ungewohnte Kost. Und oft drehte sich auch Lisa der Magen um, wenn sie die schleimige Masse buchstäblich aus dem Waschbecken ziehen musste. Sie machte einfach alles, was bezahlt wurde.

Irgendwann gab sie sich einen Ruck und meldete sich an. Aufnahmeprüfung! – Ein Wort, das Angst machte. Aber ihr Wille war stärker. Da sie keine Rolle vorsprechen konnte, sollte sie ein Gedicht wählen. Oh, Gedichte liebte sie, und entschied sich für Annette von Droste-Hülshoffs 'Der Knabe im Moor'. Das Gedicht durchlebte und durchlitt sie, konnte sich vollständig damit identifizieren. Während sie es zu Hause übte, war sie von Angst erfüllt und bekam eine Gänsehaut. Der große Tag kam, und klopfenden Herzens trug sie ihr Gedicht vor. „Oh schaurig ist's übers Moor zu gehen …" Nach ein paar Sätzen hatte sie alles um sich herum vergessen. Plötzlich war sie das zitternde Kind mit der Fibel, lief zwischen Riesenhalmen hindurch, die wie Speere anmuteten, und hörte die verdammte Margaret nach ihrer Seele schreien.

Als sie geendet hatte, war es still im Raum, bis jemand sie aufforderte, sich vorzustellen in einem verschlossenen, fensterlosen Raum zu sein, in den Gas eindringt. Sie sollte einen Erstickungstod darstellen. Du meine Güte! Da musste sie durch., erhielt weder Lob noch Kritik. Aber sie war aufgenommen und überglücklich. Paukte ihre Rollen und wiederholte auf Schritt und Tritt ihre Sprechübungen – „Barbara saß nah am Abhang …" und so weiter und so weiter.

Es war keine leichte Zeit. Nachmittags drei Stunden Unterricht, und an manchen Abenden war sie Statistin im Theater. Mit dem Zigeunerbaron tingelte die Truppe im Wechsel zwischen dem kleinen Theater in Duisburg und dem Theater am Dreieck in Düsseldorf. Das ließ sie die Schmutzarbeit und alles, was der Krieg zurück gelassen hatte, bis zum nächsten Morgen vergessen. Dies machte sie eine ganze Zeit, bis sie wieder andere Flausen im Kopf hatte, wie Mutter es nannte.

Durch die Ruinen der Stadt brauste wieder Leben. In Garagen oder zerstörten Restaurants, notdürftig hergerichtet, wurde zum Tanz aufgespielt. Die Menschen gierten danach, saßen glücklich bei Dünnbier und Bluna, damals ein scheußlich süßes Gesöff, tanzten, um sich das Vergangene aus den Körpern und Köpfen zu stampfen.

Auf der anderen Seite der Ruhr, in Ruhrort, wären auch Tanzmöglichkeiten, hieß es, und die müssten doch ausprobiert werden. Lisa wusste, dass sie viel zu jung war, doch ihre Mutter konnte sie einfach nicht halten. Lisa war wie ein junges Fohlen, das die Freiheit spürt. Gut, dass die Mutter nicht wusste, unter welchen Umständen sie dort hin gelangte. Die Brücken waren alle gesprengt worden, die Ruhrbrücke, die Kanalbrücke und die Rheinbrücke. Von der Brücke nach Ruhrort waren nur noch Reste vorhanden, und so hatte man zu Holzbohlen gegriffen, um die Lücken zwischen den noch stehenden Elementen überwinden zu können, und das war eine wackelige Angelegenheit, was einem besonders in der Dunkelheit bewusst wurde. Außerdem lagen die Bohlen nicht dicht nebeneinander, sondern in einigem Abstand zueinander, so dass man immer aufs Wasser schaute. Aber die Angst der vergangenen Jahre war ein für alle Mal ausgestanden, und Schlimmeres als das, was einmal war, konnte eigentlich nicht mehr kommen.

Lisa tanzte so viel sie konnte, fürchtete immer noch, das Leben könnte morgen zu Ende sein, bevor sie es kennen gelernt hätte. Dass sie körperlich noch nicht gut entwickelt war, bestärkte sie in ihrer Ungeduld, machte sie manchmal unerträglich. Oft schaute sie im Spiegel ihre Brüste an, betastete sie in der Hoffnung, die Wölbungen wären voller geworden. Aber ihre Gefühle eilten ihrer Entwicklung voraus. Das alles half ihr nicht gerade, selbstbewusster zu werden, an Selbstvertrauen mangelte es ihr schmerzlich. Doch diese Eigenschaften waren im Dritten Reich nicht wichtig. Der Stolz auf Führer und Vaterland hatte einem Mädchen zu genügen. Gehorchen, hieß es...

Silvester 1946/47 stand bevor. Lisa wollte ihn mit ein paar Freundinnen in einem Lokal am Grunewald feiern, das den Krieg unzerbombt überstanden hatte. Was aber sollte sie anziehen? Die alten, abgelegten Klamotten ihrer älteren Schwester? Deren schadenfrohes Grinsen wollte sie sich ersparen.

Der Zufall half, als sie zu Besuch bei ihrer Patentante war. Beim Stöbern auf dem Dachboden fand sie einen verstaubten Koffer. Bedeckt mit einer langen Vergangenheit lugte er zwischen Gerümpel, Schutt und Dachlatten hervor, als warte er auf seine Befreiung. Sie zog ihn heraus. Ein Loch klaffte auf der Ober- und Unterseite. Ein Bombensplitter hatte ihn durchschlagen. Der Inhalt des Koffers erschien ihr wie eine Gabe aus einer anderen Welt. Ähnliche Sachen kannte sie nur von alten Fotos. Einem Cape aus schwarzem Samt mit weißem Pelzbesatz gehörte ihre ganze Aufmerksamkeit. Dieser wundervolle Fund ließ ihr Herz höher schlagen. Sie legte ihn sich um und schritt auf dem Dachboden auf und ab. Das Cape war viel zu lang. So sehr sie sich auch streckte, es schleifte wie eine Schleppe hinter ihr her und hinterließ eine breite Spur auf dem staubigen Dachboden. Die Besitzerin musste sehr groß gewesen sein. Sie sann darüber nach, wem es wohl gehört haben könnte. Die Tante kam nicht in Frage, sie war klein und zart. Doch wer dann? Wer mochte die geheimnisvolle Trägerin dieses wunderschönen Umhangs gewesen sein und wie viel Glück und Unglück mochten darin verborgen liegen? Die Antwort darauf könnte ihr nur die Tante geben. Aber würde sie ihr auch den Umhang überlassen? Er musste ihr einfach gehören! Ein Kleid für den Silvesterabend würde sie daraus zaubern. Talent zum Schneidern hatte sie schon bewiesen, als sie sich aus einem weißen

Laken, von Mutters Wäscheleine stibitzt, eine lange Hose für den Sommer genäht hatte. Dann stand sie eingehüllt in schwarzen Samt vor der Tante und verbreitete einen Gestank, als wäre sie einer Moddergrube entstiegen. „Puuuh!", sagte die Tante und schaute Lisa dabei nachdenklich an, so als müsse sie sich erst an etwas erinnern. Schließlich erzählte sie: „Der Koffer hat der Großmutter deines verstorbenen Onkels gehört. Sie war die Tochter eines Gutsbesitzers aus dem Osten. Irgendwann hat der Großvater als junger Mann auf diesem Gut Arbeit gefunden und die jungen Leute haben sich ineinander verliebt. Aber mittellos, wie er war, wäre Großvater als Schwiegersohn niemals aufgenommen worden. So kehrte er nach Hause zurück. Die hübsche junge Frau folgte ihm mit einem Koffer voll unnützer Kleider. Verwöhnt und sorglos aufgewachsen, geriet sie über ihr neues, entbehrungsreiches Leben erst außer sich, bevor der Koffer und dann die große Liebe in Vergessenheit gerieten ..." „Bitte, lass mir den Umhang, ich werde mir ein Kleid daraus schneidern", bat Lisa die Tante und wunderte sich, dass sie sofort zustimmte. Sie war so glücklich, als hätte sie alle Reichtümer dieser Welt errungen. Silvesterabend: Wie eine Königin fühlte Lisa sich in ihrem zauberhaften Kleid – jedenfalls zwischen Kopf und Schenkeln. Den Busen hatte sie mit Taschentüchern ausgestopft. Das sah ja niemand. Doch, o Graus! wenn sie nach unten schaute. Diese

Schuhe! Abgewetzt das Leder und die Absätze, die ihre Beine krumm erscheinen ließen. Krumme Beine hatte sie nun wirklich nicht! Stramm wären sie, hatte Mutter sie getröstet, wenn Hanne, die gehässige Schwester, sie hänselte. Hanne war nämlich der Meinung, dass sich ihre Beine ausgezeichnet eignen würden, in Marokko Sauerkraut zu stampfen. Danach hatte Lisa lange Zeit Marokko für die Quelle des Sauerkrautes gehalten und sprang nachts in ihren Träumen barfuß in großen Fässern herum. Es gab viele wunde Stellen an ihrem Körper, die ihr die böse Schwester verpasst hatte – Stellen, die teilweise immer noch nicht verheilt waren.

Die Silvesternacht war eisig. In der Stadt geisterte immer noch der Krieg, man roch und schmeckte ihn. An das Chaos ringsum hatte man sich gewöhnt. Kaum einer dachte daran, dass die Trümmerfelder irgendwann einmal beseitigt sein könnten. Man genoss es einfach nur, am Leben zu sein.

Mit ihren Freundinnen machte Lisa sich auf den Weg zum Restaurant. Links der Straße entlang zog sich kalt, massig und unbeeindruckt vom Geschehenen die Friedhofsmauer, und rechts, angefüllt mit Schutt, Häuserruinen, von denen einige bewohnt waren. Aber nur die qualmenden Rohre, die aus den Trümmerbergen ragten, verrieten, dass dort Menschen wohnten. Wie Maulwürfe lebten sie unter der Erde. Es gab weder erleuchtete Fenster noch Laternen. Immer noch mussten die kleinen Phosphorplaketten, die an der Kleidung getragen wurden, Zusammenstöße mit anderen Passanten verhindern helfen. Wie Glühwürmchen tauchten sie plötzlich in der Dunkelheit auf, manchmal geräuschlos. Und wenn dann noch gerade der Mond gleichsam sein Gesicht vor dem Elend, das er da unten erschauen musste, zu verbergen schien, fühlte man nur einen Luftzug oder spürte eine leichte Berührung des Vorbeigehenden am Arm. Es war beängstigend. Aber die Freude auf den Abend ließ Lisa und ihre Freundinnen die Angst vergessen.

Das Lokal füllte sich nur langsam. Sie waren viel zu früh. Vor lauter Aufregung musste Lisa dauernd auf die Toilette – ein Spießrutenlaufen. Sie hatte das Gefühl, alle starrten auf ihre Schuhe – oder schauten sie nur auf das Kleid? Ja, wenn sie sich dessen sicher gewesen wäre, dann hätte sie stolz und aufrecht gehen können. Als sie zum fünften Mal an ihren Platz zurückgekehrt war, saßen am Nebentisch fünf junge Männern. Alle in Zivil – ein Anblick, an den man sich so kurz nach dem Krieg erst wieder gewöhnen musste. Unauffällig schaute sie sich um – zu viel Konkurrenz. Auch glaubte sie es mit ihren Freundinnen nicht aufnehmen zu können. Sie waren hübscher, und ihrem Reden nach reifer als sie. Ihr schickes Kleid allein würde ihr sicher nicht zu einem Tänzer verhelfen. Dann fielen ihr die drei Zigaretten ein – amerikanische Camel –, die sie ihrer gehässigen Schwester Hanne gemopst hatte, und wofür

Hanne ihr später eine geknallt hatte. Dabei waren genug davon da – im Tausch erworben. Denn Hannas Freund, ein Pferdemetzger, knallte in regelmäßigen Abständen einen ordentlichen Klumpen Pferdefleisch auf den Tisch. Dann ging er mit allen zehn fettigen Fingern durch sein schwarzes Haar, das davon ganz doll glänzte. Das Fleisch wurde dann aufgeteilt. Ein Nachbar bekam einen Teil gegen selbst gebrannten Schnaps. Den brachten Hanne und Mutter – auf abenteuerliche Weise an überfüllten Zügen hängend oder zwischen den Puffern stehend – nach Wetzlar in ein amerikanisches Camp. Zurück kehrten sie mit Schokolade, Zigaretten und Nylons, wovon wieder einiges auf dem schwarzen Markt gegen andere Lebensmittel getauscht wurde. Das war nicht ungefährlich. Einmal war Lisas Mutter bei einer Razzia geschnappt und für eine Nacht eingesperrt worden.

Lisas Hoffnung, dass sie mit einer Zigarette erwachsener erscheinen und somit auf sich aufmerksam machen könnte, erfüllte sich. Zum Glück hatte sie nicht daran gedacht, dass eine Zigarette auch brennen muss, wenn sie qualmen soll. So schaute sie sich Hilfe suchend um, bis ein junger Mann vom Nebentisch aufstand und ihr Feuer reichte. Oh, wie ihre Hand zitterte. Sie zitterte noch mehr, als ihr einfiel, dass auf ihrem rechten Zeigefinger eine tiefe unschöne Wunde klaffte, die sie sich in der Restaurationsküche beim Gemüseschneiden zugefügt hatte.

Den jungen Mann aber schien das nicht abzuschrecken. Er tanzte sogar mit ihr und das den ganzen Abend. Ha! – tanzen konnte sie. Darin war sie ein Naturtalent. – Stand sie vielleicht nur deshalb so hoch in der Gunst des jungen Mannes? Was sollte er sonst an ihr finden? Im Hinterkopf hörte sie die gehässige Stimme ihrer Schwester Hanne: „Du willst Schauspielerin und Tänzerin werden? In die Babbelkesfabrik kannst du gehen und viereckige Babbelkes (Bonbons) rund lutschen. Mit deinen Sauerkrautstampfern und deinen Mettwurstfingern wirst du weder Tänzerin noch Schauspielerin."

Wie sehr wünschte Lisa sich in diesem Augenblick, Hanne möge mit ihrem komischen Metzger das Lokal betreten und stolpern. Sie hätte sie dann mit ihren Mettwurstfingern an den Haaren hochgezogen, über den Boden geschleift und sie dann so lange mit den Sauerkrautstampfern leichtfüßig tänzelnd herumgewirbelt, bis Hanne um Gnade gefleht hätte ...

Obwohl Lisa einräumen muss, dass es der Familie dank Hannes Pferdeschlächter richtig gut ging. Die Zeit war endgültig vorüber, wo ein Stück Fett von der Größe eines Fingernagels, etwas Griesmehl und eine klein gehackte Zwiebel gebräunt und mit Wasser und Salz zu einem Brei aufgekocht wurden, den man dann aufs Brot strich; und eine fettige Suppe aus der Kniescheibe eines Pferdes war damals das, was heute der Mercedes vor der Haustür ist.

Was den jungen Mann betraf, so schien es ihm nicht nur ums Tanzen zu gehen. Hatte Lisa sich verliebt – war das die Liebe auf den ersten Blick? Und was mag er wohl empfinden?

Fast hätte Lisa ihre Eltern vergessen. Sie wollten doch gemeinsam das Neue Jahr feiern. Wollten sich alle in dem Restaurant treffen, in dem ihr Vater als Kellner arbeitete. Als Lisa Eric, so hieß ihre Eroberung, davon erzählte, fragte er, ob er mitkommen könne. Lisa hätte beinahe einen Luftsprung gemacht. Dann machten sie sich gemeinsam auf den Weg.

Was ging nur in Lisa vor? Ein unbekanntes Gefühl hatte von ihr Besitz ergriffen – ein Taumel, ein Rausch. Wie selbstverständlich legte Eric seinen Arm um ihre Schultern. Da spürte sie erst, wie kalt es war, und sah, dass Eric keinen Mantel trug. Sie fragte ihn danach. Er habe geglaubt, dass ihr Ziel nur ein paar Schritte entfernt sei, und darum habe er ihn im Restaurant hängen lassen. Unauffällig beobachtete Lisa ihren Begleiter von der Seite und fand, dass er wirklich gut aussah und gute Manieren besaß. Doch der Gedanke dass sie ihm ihren Vater in seiner Rolle als Kellner vorstellen musste, gefiel ihr überhaupt nicht. Schon als Schulkind hatte sie sich immer fürchterlich geniert, wenn sie in der Klasse gefragt wurde, was ihr Vater von Beruf sei. Berufe solcher Art waren in der damaligen Zeit nicht gut angesehen. Lisa liebte ihren Vater sehr, nur einen anderen Beruf hätte sie sich für ihn gewünscht. Später sah sie das mit etwas anderen Augen, aber als sie diesem jungen Mann ihre Eltern vorstellen musste, war sie noch nicht so weit. Ihr ganzer jugendlicher Egoismus und der Wunsch, etwas besseres sein zu wollen, waren stärker.

Während Lisa noch mit ihren Gedanken beschäftigt war, erreichten sie ihr Ziel, und am liebsten wäre sie wieder zurückgegangen. So unangenehm ihr Vaters Beruf war, so unangenehm war ihr der Ort, wo er ihn ausübte. Schon früh hatte sie eine Aversion gegen Kneipenatmosphären und betrunkene Männer entwickelt. Aber irgendwie schien der bevorstehende Jahreswechsel eine euphorische Stimmung erzeugt zu haben, denn Eric und Lisas Eltern verstanden sich auf Anhieb. Hineingezogen in den Trubel der Silvesterstimmung vergaß sie ihre Bedenken.

Als Lisa sich gegen Morgen von Eric trennte, verabredeten sie sich für den nächsten Nachmittag.

Sah Eric sie wirklich als erwachsene und reife Frau? Würde er sie denn sonst mit zu seinen Eltern nehmen? Jetzt waren sie tatsächlich auf dem Weg dorthin. Er wohnte in einem kleinen Nachbarort, wo der Krieg nicht so viel zerstört hatte. Ein dunkles Mehrfamilienhaus, blanke Holztreppen, ein Geruch von Bohnerwachs und eine hohe, braune Wohnungstür im ersten Stock. Eine große kräftige Frau trat Lisa entgegen. Über ihrem dunklen Kleid trug sie eine grauweiß gemusterte Schürze. Ihr Haar war hoch gesteckt – eine Respekt einflössende Erscheinung, sie erinnerte Lisa an die Frau aus der Siedlung, die ihr einst die Töpfe gefüllt hatte. Die weit ausgestreckte Hand, die sie ihr reichte, gebot eine gewisse Distanz. Etwas belustigt aber prüfend schaute sie Lisa an …

Durch die Eingangstür gelangte man in einen schmalen Flur, auch dort braune, hohe Türen, dunkle Tapeten mit großem Blumenmuster. Der Boden ausgelegt mit blankem, eigenartig riechenden Linoleum, unter dem bei jedem Schritt Dielen knarrten. Das verhältnismäßig kleine Wohnzimmer wurde von dunklen Möbeln beherrscht. Der große Esstisch in der Mitte mit den Stühlen rundherum, ließ gerade noch Platz zum Sitzen.

Erics Vater erwartete Lisa dort. Seine Begrüßung verlief kurz und ohne erkennbare Gemütsregung. Lisa hatte das Gefühl, dass er ihr keine besondere Sympathie entgegen bringen wollte. Er war ein kleiner, krank aussehender Mann, der zwischen dem wuchtigen Mobiliar und der viel größeren dominanten Frau fast zu einem Punkt zusammenschrumpfte. Auf Lisa wirkte die Atmosphäre in der Wohnung beklemmend. Dieses Gefühl schwand nie so ganz. Doch an allem hier schien der Krieg vorbei gegangen zu sein. Auch der gedeckte Tisch machte den Eindruck uneingeschränkten bürgerlichen Wohlstands. Es duftete nach Kaffee und selbst gebackenem Kuchen. Das übertünchte erst einmal die beklemmende Atmosphäre. Lisa gestand sich ein, dass sie es genoss, einen vom Krieg verschont gebliebenen Haushalt kennen zu lernen. Und die Aussicht, die leckeren Kuchen auch in Zukunft genießen zu können, stimmte sie versöhnlich.

Erics Mutter beherrschte ihre beiden Männer, die, jeder auf seine Art, eine Möglichkeit gefunden hatten, mit ihrer Dominanz zu leben. Eric mit Schweigen und Alkohol, sein Vater mit Schweigen und Erdulden. An diesem Nachmittag wurde Lisa bewusst, dass die Gastgeberin mit dem Ausgang des Krieges nicht zufrieden war. – Eine Hitlertreue, dachte sie. Ihre Erscheinung, ihre Durchsetzungskraft erinnerten Lisa ein weiteres Mal an die Frau aus der Siedlung, die sie damals so gefürchtet hatte. Doch bei den späteren Besuchen glaubte Lisa zu spüren, dass Erics Mutter ihr allmählich Zuneigung entgegenbringe, doch heute weiß sie, dass sie sie nur langsam und behutsam zu formen versucht hatte.

Dass Lisa katholisch war – eine 'Schwarze', wie Eric sie nannte –, gefiel der alten Dame nicht. Eine 'Schwarze' durfte Eric nicht zur Frau nehmen. Gut, sie war gläubig erzogen worden, aber seit dem Krieg lag ihr nicht mehr so viel an dem Glauben und an Gott. Sie hatte in den schrecklichen Kriegsjahren zu oft an ihm gezweifelt – sich sogar von ihm entfernt. Aber, dachte sie, wenn es wirklich einen Gott gibt, würde es ihm egal sein, welcher Konfession sie angehöre. Wenn Eric und seine Mutter es so wollten.

Also ist Lisa evangelisch geworden, um „würdig"
eine Ehe mit dem einzigen Spross des Hauses einzugehen, was aber erst nach dreijähriger Verlobungszeit der Fall war.

Nach ein paar Wochen schon glaubte Lisa zu wissen, was für sie das Beste sei. Sie wollte eine Familie – eine Familie mit Eric. Dabei war sie noch nicht
einmal siebzehn, kaum entwickelt, eines von den
ausgehungerten halbwüchsigen Mädchen, denen der
Krieg die Kindheit gestohlen hatte.

Beruflichen Pläne waren plötzlich nicht mehr wichtig. Den Bühnenfimmel, wie Lisas Mutter es immer
nannte, war sie im Begriff zu vergessen. Das wurde
ihr erleichtert durch ein unangenehmes Erlebnis in
der Schauspielschule und durch den Umstand, dass
man von ihr, unschuldig wie sie war, ein Maß an
Freizügigkeit erwartete, das ihr erheblich zu weit
ging. Sie war doch gerade erst 17 Jahre, und die
Maßstäbe, die sie sich für ihr Leben gesetzt hatte,
waren recht begrenzt. Sie war nicht bereit, einem
ungezügelten Liebesleben zu fronen. In ihrer Naivi-
tät merkte sie nicht, dass es alle in dieser Gemeinschaft darauf angelegt hatten, sie diesbezüglich her-
auszufordern. Als sie sich dann den Zudringlichkei-
ten ihres Lehrers widersetzte (eigentlich eine Un-
möglichkeit, da Erfolg nur durch die Betten ging,
wie damals die allgemeine Meinung war, und nicht
nur damals), versuchte man den Grund für ihre Zu-
rückhaltung herauszufinden. Des Rätsels Lösung

fand schließlich Lilo, Lisas angeblich beste Freundin. Sie meinte, Lisa begrüße ihre Mitschülerinnen zu zärtlich. Frauen begrüßten sich nicht mit einem Kuss auf die Wange und einer Umarmung. Nun glaubte man klar zu sehen: Lesbisch musste sie sein. Lisa litt furchtbar unter dieser Verdächtigung und war zutiefst unglücklich über eine Freundschaft, von der sie sich enttäuscht sah.

Ihre unbefangene Herzlichkeit war ihr zum Verhängnis geworden. Trotzdem erhielt sie sich diese. Bei der Wahl ihrer Freundinnen allerdings war sie seitdem vorsichtiger.

Die Hochzeit von Lisa und Eric 1951 war der Zeit angepasst – zum Standesamt mit der Straßenbahn. Vater versprach, sie mit dem Wagen abzuholen. Lisa überlegte – wer von den Verwandten oder Bekannten wohl ein Auto hatte … Niemand fiel ihr ein. Doch als sie aus dem Standesamt kamen, stand Lisas Vater tatsächlich mit ernstem Gesicht und dem versprochenen Wagen vor dem Standesamt, und es dauerte nicht lange, bis alle in schallendes Gelächter ausbrachen. Der versprochene Wagen war ein Teewagen, dunkelbraun mit hohen Rädern und von Lisas Vater selbst geschreinert. Ja, ihr Vater hatte immer Überraschungen auf Lager. Jedenfalls hatten sie nun ein Möbelstück, das erste überhaupt, und die Wohnstube der Schwiegermutter würde nun noch enger sein, wo doch gerade erst für das junge Ehepaar eine zweite Couch hineingestellt worden war. Wohnungen gab es leider immer noch nicht.

„Komm nicht und beklag dich", hatte am Hochzeitstag Erics Mutter gesagt. Sie wusste mehr von seinen Alkoholproblemen. Der Krieg habe ihn so gemacht, meinte sie. Lisa bekam diese Probleme schon in den drei Jahren Verlobungszeit zu spüren, nahm aber die Warnung trotzdem nicht ernst. Warum sollte sie auch? Ihre verliebten Augen sahen das alles anders. Sie glaubte fest daran, dass Eric sich ändern würde, wenn sie erst mal erst eine Familie wären, mit einer eigenen Wohnung.

Sie durchlebten eine Menge Schwierigkeiten, die fast jedes junge Paar in der damaligen Zeit durchleben musste. Keine Wohnung, keine Möbel, kein Geld. Die Währungsreform 1948 bescherte allen einen Neuanfang mit einem Pro-Kopf-Geld von 40 Mark. Da hatte man ganz schön zu strampeln, um aus diesem Engpass herauszukommen. Nach der Heirat war von Erics Gehalt am Ende des Monats nicht mehr viel übrig, da nun zwei Personen davon leben mussten, und dass die Frau eines Beamten arbeiten ging, war damals undenkbar. Hinzu kam noch, dass Eric sehr viel Geld in Spirituosen umsetzte; in dem Laden, wo Lisa später einkaufte, ließ er den Schnaps immer anschreiben. Es reichte einfach hinten und vorne nicht.

Drei Monate nach der Eheschließung war Lisa schwanger. Nie hatte sie ernsthaft daran geglaubt, dass bei ihr alles genauso funktionieren würde wie bei einer richtigen Frau – aber sie war eine richtige Frau. Nun wusste sie, dass auch ihr ein Platz als Frau und Mutter zugedacht war. Oh, wie liebte sie das Leben und das, was in ihr wuchs. Sie hoffte so sehr, dass auch Eric sich nun mehr seiner Familie zuwenden würde und weniger dem Alkohol.

Dieses neue Leben zu spüren war wunderbar. Manchmal war auf ihrem Bauch eine richtige Delle zu sehen. Sie hatte sich so sehr gewünscht, gemeinsam mit Eric das Wachsen dieses neuen Lebens zu verfolgen, seine Hand oder sein Ohr auf ihrem Bauch zu spüren, damit er dessen Bewegungen wahrnehme und die zarten Herztöne höre. Doch niemals hatte er sich vor ihrem Zustand fürsorglich oder gar respektvoll gezeigt. Das Leben mit ihm bedeutete Sorgen, Streit und Kampf; ohne je Liebe zu empfangen, gab sie Liebe und glaubte, es müsse so sein.

Der Alkohol machte ihn immer bösartiger. Auf Anraten seines Hausarztes sollte Eric etwas gegen seine Sucht einnehmen. Er erklärte sich einverstanden. Der Arzt riet zu einem Pulver, das aber nicht ohne sein Wissen eingenommen werden dürfe. So war es mit Eric abgesprochen, der Wille, vom Alkohol weg zu kommen, war da. Doch Eric trank weiter, und bald ging es ihm beängstigend schlecht. Er beschuldigte Lisa, sie wolle ihn umbringen. Ihm war nicht zu helfen. Doch Lisa hatte den Glauben immer noch nicht verloren. Das Kind war ihre ganze Hoffnung, dass dann alles anders würde.

Es war an einem Donnerstag, die Geburt kündigte sich an. Eric brachte Lisa ins Krankenhaus. Sie kam direkt in den Kreißsaal, der aus zwei Räumen bestand, einen für die Entbindung und einen für die wartenden Mütter. Da lag sie nun und zwar auf dem Rücken. Wenn die Wehen kamen, kniete sie sich hin, weil sie fand, dass es so besser zu ertragen sei. Doch die Schwester schimpfte und legte sie wieder auf den Rücken. Das war die größte Qual. Aber damals war der Wissensstand der Ärzte noch ein anderer. Aus dem Entbindungszimmer hörte Lisa die Schreie der Gebärenden; die Mütter kamen und gingen, nur Lisa blieb.

Endlich, in der Nacht von Samstag auf Sonntag kam kein Junge auf die Welt, wie Eric sich es gewünscht hatte, sonder ein süßes Mädchen, schwarze Haare, schwarze Wimpern und darunter große braune Augen. Zum ersten Mal zeigte der Schwiegervater Interesse an Lisa und auch an dem Mädchen (denn er hatte sich damals selbst eines gewünscht), und dann kam Eric. Es schien, als wäre das der schönste Tag in seinem Leben. Er sah so glücklich aus. Schwiegermutter erzählte, er habe morgens im Bett gesessen und gesungen, ja, ja, ja, das haben wir alles da, und dabei mit den Händen auf der Bettdecke den Takt geschlagen. Lisa konnte sich beim besten Willen einen solchen Ausbruch bei diesem stillen Mann nicht vorstellen. Ihre kleine Tochter wurde sein ganzes Glück.

Aber dann wollte Lisas Schwiegermutter auch bei der Erziehung die 'Führung' übernehmen. Also zog Lisa mit Eric und der kleinen Christina, wie sie genannt wurde, zu ihren Eltern, wo sie dann ein kleines schiefes Zimmer bewohnten, dessen Wände lediglich aus Brettern bestanden.

Aber auch dort verzichtete Eric nicht auf den täglichen Alkohol. Und wenn er betrunken war, randalierte er, und manchmal lag er auch auf der Straße, was sich sehr schnell herumsprach.

Endlich bekamen sie dann doch noch eine Wohnung, auf der anderen Rheinseite. Das war ein großes Glück, allerdings war sie nur mit der Fähre zu erreichen, weil die Rheinbrücke kurz vor Kriegsende gesprengt worden war und immer noch als ein Beton- und Eisengerippe, einem verendeten Ungeheuer gleichend, aus dem Rhein ragte.

Wie oft musste Lisa mit Christina im Kinderwagen, beladen mit Putzeimern und sonstigen Utensilien, über den Rhein fahren. Bei einer dieser Fahrten lernte sie Anne kennen.

Es hatte seit Tagen geregnet. Ein trostloses Bild im herbstlichen Wetter-Launen-Chaos. Wiesen und Wege aufgeweicht, gluckste und zischte es unter den Schuhen bei jedem Schritt. Durch den Sprühregen konnte man kaum die Anlegestelle sehen, die mit dem dreifach schlammbereiften Kinderwagen nur schwer zu erreichen war. Jeder, der nach drüben musste, nahm es auf seine Weise hin, die meisten geduldig, immer noch die Schrecken der Kriegsjahre vor Augen, einige wütend schimpfend, wie Lisa, wegen des Kinderwagens und des schlammigen Bodens.

Gleich an der Anlegstelle verkaufte jemand geräucherte Rheinfische. Es schien, als befände man sich bereits in der Spur von McDonalds. An Schnüren aufgehängt, baumelten sie appetitlich duftend von der Decke einer kleinen Bude – ein Hauch von Schlemmerparadies mitten im Rheinschlamm. Genau da lernte Lisa Anne kennen. Die erste Begegnung zwischen ihnen war schon recht lustig. Ihre Köpfe hatten sie weit nach hinten in den Nacken gelegt. Man hätte meinen können, ihre Augen suchten den scheußlich grauen Himmel nach der Sonne ab, aber nein, über ihren weit aufgesperrten Mündern baumelte ein Fisch, der darauf wartete, verschlungen zu werden. Erst danach nahmen sie Notiz voneinander und brachen in schallendes Gelächter aus, nachdem sie sich einen Moment beäugt hatten. Nicht nur, dass ihre Töchter im gleichen Alter waren und die Vorkriegs-Kinderwagen gleich aussahen, nein, Anne und Lisa trugen auch noch den gleichen damals brandaktuellen Ciska & Anna-Look (C&A) – rotes Kleid, kleiner weißer Hut, weiße Handschuhe und weiße Handtasche. Der letzte Schrei für die „Damen von Welt", oder besser gesagt, der erste Schrei nach den vielen Jahren der Entbehrungen. Schick fand Lisa sich in diesem Outfit, auch wenn Hut und Spitzenhandschuhe laut Schwiegermutter ein Muss waren. Sie war nämlich der Meinung, dass dies alles zu einer Dame gehöre. Damit mag sie Recht gehabt haben, aber der Erfolg war wohl zum Kummer der alten Dame bei Lisa sehr mäßig. Anne hingegen wirkte wirklich wie eine Dame. Sie war eine tolle Erscheinung – groß, schlank, dunkelhaarig, große braune Augen. Anne hatte, ohne zu übertreiben, das Aussehen einer französischen Adeligen. So zumindest stellte Lisa sich damals eine solche vor.

Die Wohnungsnot war es, die sie mit Eric und ihrer kleinen Tochter Christina nach „linksrheinisch" verschlagen hatte. Anne dagegen war vor ihrem untreuen Ehemann über den Rhein geflüchtet. In Herzensangelegenheiten waren sie Leidensgenossinnen, doch was Entschlossenheit und Konsequenz anbetraf, hinkte Lisa arg hinter Anne her, die für sie Halt und eine gute Freundin wurde.

Lisa war schon wieder schwanger. Sie hoffte, dass dieses im Suff gezeugte Kind ein normales Kind sein würde, denn Eric, betrunken oder nicht, forderte von Lisa die ehelichen Pflichten. Doch der kleine Sohn hatte es vorgezogen, seinen Fuß erst gar nicht in diese zerrüttete Familie zu setzen. Er hielt seine Äuglein geschlossen.

Dieser Ehekrieg dauerte fast 15 Jahre, und am Ende gab es in der Wohnung keine abschließbare Tür mehr, hinter der sich Lisa und Christina in Sicherheit bringen konnten. Lisa reichte die Scheidung ein. Gerade rechtzeitig waren die Trennungsbestimmungen für Beamte gelockert worden. Vorher hätte ihre Scheidung ein Disziplinarverfahren gegen Eric ausgelöst. Mit der Trennung von Eric und dem Umzug zurück auf die rechtsrheinische Seite, wo Lisa eine Bürostelle gefunden hatte, nahm auch der Kontakt zu Anne nach und nach ab.

Christina war nun fast erwachsen. Die Vergangenheit, die sie und Lisa geprägt hatte, lastete auf ihr Zusammenleben. Sie konnten einfach nicht zueinander finden. Christina zog sich immer mehr zurück. Lisa fühlte sich allein. Seit der Scheidung waren inzwischen drei Jahre vergangen, als eine Bekannte Lisa den Rat gab, sich mal wieder dem stärkeren Geschlecht zuzuwenden. Sie sagte: „Versuch es doch mal über die Zeitung, vielleicht machst Du ein gutes Schnäppchen." „Du bist unmöglich!" erwiderte Lisa. Ein Schnäppchen aus der Zeitung, was für eine blöde Idee! Vielleicht auch noch meistbietend ersteigern, was?" Danach bekam sie fast eine Psychose; sah haufenweise Männer auf Wühltischen liegen, grapschende Frauenhände, die ihre Schnäppchen gut verpackt nach Hause trugen, sah sie ihre Beute auspacken, ausprobieren, und die Panik in ihren Augen, wenn ihnen bewusst wurde: Umtausch ausgeschlossen. Solche hirnverbrannten Gedanken hatte Lisa plötzlich.

Aber irgendwie begann der gute Rat der Bekannten in ihrem Kopf zu rotieren. Da war die Zeit, die Wunden heilt, und es war gerade Frühling – endlich wieder ein Frühling, den auch Lisa spürte. So gab sie tatsächlich eine Anzeige auf, doch mit dem Vorsatz, sich erst einmal nur einen Spaß daraus zu machen. Zugegeben, es war nicht die feine englische Art, aber es würde ihr vielleicht ein Gefühl von Genugtuung geben für all das Vergangene.

Es war an einem Sonntag im Mai, als Lisa sich mit diesem „Schnäppchen" zum ersten Mal traf. Alles ist noch ganz deutlich in ihrer Erinnerung – das junge Grün, das zarte Rosa der Flamingos, sommerliche Stoffe im leichten Wind, fröhliche Kinder und eine Blechlawine rund um den Zoo, die den Frühling um seinen Duft brachte. Für all das hatte sie zwar kaum einen Blick, dennoch prägten sich ihr die Bilder ein. Ihre Aufmerksamkeit galt mehr dem Herrn, zu dem sie mindestens schon zehn Minuten im Schutz der vielen Zoobesucher hinüber geschaut hatte. „In der rechten Tasche meines Jacketts wird eine Zeitung stecken", hatte er geschrieben. – Sollte sie ihn ansprechen? Und wenn es nun ein anderer ist, der zufällig auch eine Zeitung ...? Blöde Situation. Sie werden sich gegenüberstehen und begutachten wie bei einer Fleischbeschau. Schrecklich! Vielleicht sollte sie doch lieber...? Zweifel und Fragen, die in

Wirklichkeit nur ein Hinauszögern waren. Aber Brief und Foto hatten sie neugierig gemacht: „Sie haben den Wunsch, einen gebildeten Herrn kennen zu lernen", schrieb er. „Voilà, da bin ich! 49 Jahre jung, dunkles Haar, braune Augen und, wie es sich für einen kultivierten Herrn gehört, mit einer Brille". Ganz schön selbstbewusst, dieser Herr, dachte Lisa, aber wenn eine Brille einen kultivierten Herrn ausmacht, so musste dieser kultiviert sein. Dann standen sie sich gegenüber, und ihre Verlegenheit ging unter in der albernen Vorstellung, dass seine abstehenden Ohren eigens als Tragflächen für seine dicke braun umrandete Brille gewachsen sein könnten. Er schien etwas unsicher, als könnte er ihre Gedanken lesen. Abstehende Ohren mochte sie nicht. Außerdem hatte sie sich ihn ganz anders vorgestellt. Er passte einfach nicht so richtig zu dem locker lebendigen Plauderton auf den dicht beschriebenen Seiten seines Briefes. Es war ihr schon recht, als er einen Waldspaziergang vorschlug, so brauchten sie sich nicht anzuschauen. Es fällt Lisa ohnehin leichter, einen Menschen nach der Stimme zu beurteilen, denn die verrät meistens, was er zu verbergen versucht.

Das Wetter war zum Verlieben, im Gegensatz zu dem Mann. Doch was das Plaudern betraf, da überraschte er sie; das war genauso so charmant, lebendig und locker, wie er geschrieben hatte – aber schier endlos. Der Waldspaziergang zog und zog sich.

... und ich liebe es, zu faulenzen, ein gutes Buch zu lesen, nett zu plaudern und lange Spaziergänge zu machen, zu zweit oder alleine."

Genauso hatte er es angekündigt. Sie war also vorgewarnt. Selber schuld. Da lag nun das ganze Leben eines Junggesellen vor ihr ausgebreitet: gute Kondition, beste Eigenschaften. Voilà, ist er nicht ein Teufelskerl? Dieser Schlawiner! Jetzt sucht er nach einem sicheren Hafen.

Lisa war das Herumlatschen leid. Ihr Magen knurrte. Sein Junggesellenmagen dagegen schien sehr abgehärtet zu sein. Hätte sie sich doch nur nicht auf dieses Treffen eingelassen. Allmählich schien der schöne Wald sie hämisch anzugrinsen.

„Mir tun die Füße weh, und ich habe Hunger", sagte sie deutlich verstimmt. Kurze Zeit später saß sie dann endlich mit dem „Schnäppchen" vor einem dicken Schnitzel. In seinen Augen glaubte sie Entsetzen zu sehen, als ihr Teller schon geleert war, während er von seinem nur die Hälfte geschafft hatte. Aber sie zahlte ja selbst, darauf hatte sie bestanden, und es schien ihm sogar recht zu sein. Blödmann! dachte sie beim Abschied.

Als Lisa ein paar Tage später nach hause kam, standen vor der Tür rote Rosen ohne Kartengruß. Für sie war klar, die sind von ihrer letzten Bekanntschaft.

Erfreut ging sie zum Telefon um danke zu sagen –
schweigen, dann seine Stimme: „Die sind nicht von
mir, die kommen bestimmt aus Essen. – Von dem
Blödmann? dachte sie. Oh, wie peinlich.
Na ja, Jedenfalls, Lisa heiratete den Blödmann, der
wohl kein Blödmann, aber ein Junggeselle war, was
sich fast genau so anfühlte.
einen Karton mit Klamotten und einen anderen voller Maggisuppen. So kam er, stellte seine Kartons in
die Ecke, ergriff Besitz von Lisa und Tochter Chris-
tin. Hätte er ja auch können. Aber nicht gerade wie
eine Dampfwalze. Trotz aller Erfahrung, die Lisa
ihm durch ihre Ehe voraus hatte und bei allem Ver-
ständnis konnte das so nicht gut gehen. Und dann
noch Nacht für Nacht - Chrrrr püüüü - Chrrrr püüü
... Das zerrte an Lisas Nerven - brachte sie fast zum
Zerspringen. Nach einigen Wochen bestand Lisa auf
getrennte Zimmer. Das wäre für ihn fast ein Grund
gewesen, die Ehe als beendet zu betrachten. Doch er
konnte inzwischen Maggisuppen nicht mehr ausstehen. Die neue Situation schlug sich aber auf seine
Stimmung nieder. O Gott! Wie oft hatte Lisa sich
gefragt: Wie werde ich nur diesen Mann wieder los?
Warum nur gerate ich immer an die falschen Männer?" - Warum, zum Donnerwetter, erfindet nicht
mal jemand etwas, das vor falschen Partnern
schützt? Zum Beispiel, Sensoren - Sensoren, die am
Körper befestigt nur auf die passenden Partner rea-
gieren. Dann würden Wünsche - Sehnsüchte nach

Liebe - Geborgenheit und Harmonie auch Erfüllung finden. Wäre das nicht das Paradies auf Erden...? Eines Tages waren sie nur noch zu zweit. Christina war ausgezogen. bisher galt seine ganze Zuneigung und Liebe nur sich selbst, und nun noch zwei Anhängsel? Nun hatte er Lisa ganz für sich. Irgendwann machte es dann „Klick". Mit Elan stürzte er sich auf alles, was er in seinem bisherigen Leben immer vermieden hatte: Reisen, Geselligkeit, Tanzkurse, Tanzclub. Und Lisa muss sagen, dass er eine gute Figur dabei machte, und dass es ihm auch zu gefallen schien. Aber dem Junggesellen in ihm gefiel es irgendwann nicht mehr. So war es nur ein Frage der Zeit, bis er von Geselligkeit die Nase voll hatte, seinem inneren Schweinehund nachgab und wieder in sein Junggesellendasein zurück gekehrte war.

Aber mit ihm hatte Lisa anders zu leben gelernt. - Am Anfang war es für sie eine unmögliche Lebensart. Pünktlichkeit, Pflichterfüllung und Ordnung, die bisher ihr Leben bestimmt hatten, waren plötzlich nicht mehr wichtig. Denn ihm war es egal, ob sie zu Hause war oder nicht, und was es zu essen gab und wann.

Langsam verlor das Wort „Junggeselle" an Schrecken, und allmählich fand Lisa so das Leben bequem und angenehm, genoss das Gefühl, alles ohne Muss tun zu können und in gewissem Sinne frei zu sein. Sie war plötzlich nicht mehr nur ein Eigentum

- Objekt wie bei ihrem früheren Mann, sondern gleichberechtigter Partner. Sie war eine Frau, der man Respekt entgegenbrachte und die man hofierte. Galante Gesten, womit die meisten Männer sich am Anfang einer Bekanntschaft ins rechte Licht setzen wollen und sie später als überflüssig ablegen, hat er beibehalten.

Er besitzt einen gesunden Mutterwitz vermischt mit etwas Ironie, gespickt mit allem, was er nicht will und was ihn anödet. Damit hat er meistens die Lacher auf seiner Seite, gilt als charmanter und guter Unterhalter. Doch was er wirklich gemeint hat, weiß nur er und manchmal auch Lisa. Durchschaut ihn aber jemand und hält ihn für einen ungehobelten Kerl, dann ist es nur Lisa peinlich. Ihn amüsiert es.

Er gehört auch nicht zu den zärtlichen, liebevollen Männern, und auch nicht zu denen die Frauen Blumensträuße bringen oder Entschuldigungen stammeln, wenn sie ihnen übel mitgespielt haben. Er gehört zu den Männern, die Frauen nur ganz selten - in unausweichlichen Fällen Blumensträuße bringen, die gar nicht auf die Idee kommen, dass Blumen ab und zu Medizin für enttäuschte Frauenseelen sein könnten. Er weiß nämlich nichts von der Verletzbarkeit menschlicher Seelen und wird es auch nie wissen, weil er, wie er sagt, nichts von dem ganzen „Gequatsche" über die Psyche hält. Er ist ein Junggeselle durch und durch...!

Über Junggesellen weiß Lisa jetzt bestens bescheid. Es ist ein Irrtum zu denken, dass ein Junggeselle jung und Handwerksgeselle sein muss, wie es im Lexikon geschrieben steht. Man findet sie ihn allen Berufen, in Parkanlagen, Hauseingängen, sie können überall sein. Es gibt junge, alte, dünne, dicke, es gibt hässliche, schöne, brummige, freundliche und unzufriedene. Wenn man einen trifft, muss man auf folgendes achten:

Die meisten eingefleischten Junggesellen erkennt man daran, dass sie allein ihrer Wege gehen, dabei ihren Blick auf den Boden richten und möglichst abwesend scheinen, wenn ihnen jemand begegnet - Um Gottes Willen! Der könnte ja reden wollen. Junggesellen haben häufig verkniffene Gesichter, sind egoistisch, rechthaberisch und Schuld haben immer nur die Anderen.

Versuche nur, so gut es geht, nicht auf seine Ausbrüche einzugehen. Vermeide unter allen Umständen, zu deinem Recht kommen zu wollen oder unbedingt etwas durchsetzen zu müssen. Junggeselle sein ist eine Krankheit.

Am besten, befolgt einfach Lisas Strategie, die sie entwickelt hat, bei der sie sich am Ende meistens als Siegerin fühlt: Lasst ihn reden, beschuldigen, Recht haben, aber lasst dadurch eure eigenen Gedanken möglichst nicht beeinflussen. Und wenn ihr das könnt, was er garantiert nicht kann - denn das kann ein Junggeselle in den seltensten Fällen, das macht euch dann stolz, stark und überlegen. Und sollte bei allem guten Willen, den Frieden zu bewahren, auch mal das Ventil piepsen und zischen wollen, dann lasst es möglichst nicht überlaufen, sondern bringt lieber vorsichtshalber alles zu Papier. Das Geschriebene legt dann neben seinen dicken Ruhesessel, auf dass er es sich zu Gemüte führe. So schlagt ihr stumm eure Schlachten. Resultat: Strategie erfolgreich, Nahkämpfe im Keime erstickt, der Friede ist erhalten geblieben, ohne die gegenseitige Achtung verloren zu haben. Denkt daran: Frauen sind bessere Diplomaten...

Vielleicht lohnt sich ja auch in dem einen oder anderen Fall diese Nachsicht. Wer sollte sonst in einer Ehe Nachsicht üben, wenn nicht die Frau? Dennoch muss Lisa gestehen, dass sie neulich „in aller Stille" aber mit mächtig viel Wut im Bauch zwei Küchenstühle zerdeppert hat. Danach fühlte sie sich zwar besser, doch diese Reaktion gab ihr zu denken. Sie gefiel sich gar nicht in dieser Rolle. Natürlich hat ihr Paul am anderen Tag die Stühle repariert - für sie ein Zeichen, dass wohl beide aus dieser Situation gelernt haben...

Nun hieß es, in Neudorf eine Wohnung besichtigen - für viele ist Neudorf nur ein Ortsname, doch für Lisa Heimat, ein Ort voller Kindheitsträume. Ihre Großeltern, so erinnerte sie sich, sagten niemals Neudorf, sondern 'Op de Heid'. So hatten nämlich die ersten

Siedler, von Friederich dem Großen Mitte des achtzehnten Jahrhunderts zu diesem damals noch menschenleeren Flecken geschickt, ihren neuen Heimatort genannt, der dann später den Namen Neudorf bekam.

Jetzt wird sie endlich in ihr geliebtes Neudorf zurückkehren – jetzt, wo ihr Leben fast gelaufen ist, denn die Zeit setzt schon zum Endspurt an. Verflixte Zeit, setzt zum Endspurt an und schmeißt einen doch gleichzeitig immer wieder zurück in die Vergangenheit. Zum Beispiel das neue Heim in der weißen Siedlung, in dem sie mit Paul den Rest ihres Lebens verbringen will, kennt sie schon von früher – von ganz früher…

Ein kalter Februartag. Sie geht mit Paul zu dieser Wohnung. Ein Platz für den Lebensabend sollte es sein – ruhig, nah am Wald gelegen und mit guten Busverbindungen, denn das Auto sollte weg – es musste weg! Paul hatte etwas gegen andere Autofahrer, die ihm dauernd und überall im Wege waren. Wenn das Auto abgeschafft wäre, würden Lisas Nerven geschont. Paul ist viel besser zu Fuß, und wie sie ihn kennt, führen ihn seine Spaziergänge sowieso meist über die Stadtgrenze hinaus. Es gibt ja so viele Ausflugsmöglichkeiten: Wald, eine Menge großer Seen, den Zoo, den Kaiserberg und, nicht zu vergessen, Rhein und Ruhr, die sich vor langer langer Zeit verbündet hatten und Lisas geliebte Stadt

Duisburg zum größten Binnenhafen der Welt werden ließen.

Es war schon ein eigenartiges Gefühl für sie, nach mehr als einem halben Jahrhundert diesen Weg zu gehen – über den Sternbuschweg, heute die Schlagader des Stadtteils, die Gabrielstraße, den Gabrielplatz, vorbei an der Gabrielkirche, die sich einem regelrecht in den Weg stellt. Wie eine Schutzmauer scheint sie die weiße Siedlung, die Lisa als Kind so hasste, vor neugierigen Blicken schützen zu wollen. Erst wenn man an ihr vorbei ist, tut sich auch heute noch das Bild einer verträumten Kleinstadt auf, aus deren Mitte ein hoher Schornstein ragt, der der Siedlung den Namen „Einschornsteinsiedlung" gegeben hatte.

Früher starrten die weißen Fassaden der Häuser ihr beängstigend kalt entgegen. Nun, mit ihren freundlichen Farben wirkten sie heute versöhnlicher, und auf den ersten Blick sah man ihnen nicht an, dass sie im gleichen Jahr wie Lisa in die Welt gesetzt worden waren. Nur der hohe Schornstein, die Zentrale, von wo aus früher die ganze Siedlung beheizt wurde, und das daran angrenzende Gebäude, früher Waschhaus und Kindergarten, machte einen verwahrlosten Eindruck. Dieser Teil, einst Treffpunkt der Bewohner, hatte ausgedient, als die Siedlung eines Tages von den Stadtwerken mit Wärme beliefert wurde, und jeder seine Wäsche in der eigenen Waschmaschine wusch. Auch der Kindergarten wurde nicht mehr genutzt. Die Kinder waren herangewachsen, aus dem Haus gegangen und hatten die Eltern, die mit der Siedlung verwachsen waren, zurückgelassen...

Vieles in der Siedlung hatte sich verändert. Aus den Parteilokalen rechts und links des kleinen Platzes, wo die Nazis ihre Versammlungen abgehalten hatten, waren kleine Läden geworden. Und so wie alle kleinen Straßen dort immer noch die vertrauten Namen großer Komponisten trugen, hatte auch der Platz sein Kopfsteinpflaster behalten, das in der Wintersonne wie Stahl glänzte. Das Ganze überdacht vom Geäst ausladender Kastanienbäume, die damals – genau wie Lisa – jung, zart und ohne ausgeprägte Formen gewesen waren. Es war nicht schwierig, sich vorzustellen, im Sommer unter ihnen auf den Bänken auszuruhen, wenn in den Kronen die Sonne nistete.

Dann stand sie mit Paul plötzlich vor einem dieser kleinen Siedlungshäuser, die ihr damals so verhasst waren. Heftig klopfte ihr Herz. Vielleicht kamen ihr ja die Namen auf den Schellen bekannt vor. Wie sie es früher getan hatte, begann sie diese von oben nach unten zu lesen: Patzke, Hanter, Knittel, Olaske – wie Glasmurmeln kullerten sie durch ihren Kopf. Waren es diese Namen? – Was hatte der Mann am Telefon gesagt, die Wohnung sei im Erdgeschoss? Da stand Savier. So könnte die Frau geheißen haben – oder? War es auch dieses Haus? Fünfzig Jahre

sind eine lange Zeit. Sie rätselte, lief hin und her.
Dann entschloss sie sich, dieses Haus mit seinen
Bewohnern als das Haus zu sehen, das ihr als Kind
so viel Kummer bereitet hatte. Paul grinste wie gewohnt über Lisas Eifer. Ihm war jede Wohnung
recht, wenn er nur seinen Wald in der Nähe hatte.
„Sollte wirklich niemand von denen das Schiff je
verlassen haben?", sagte sie mit dem Wissen, dass
kein Mieter freiwillig von der Siedlung jemals weg-
gezogen war. „Vielleicht würde sie ja mit Paul der
erste Wechsel in der Mannschaft sein – auf einem
einstmals weißen Dampfer mit seiner altersgrauen
Crew."
Nun würde sie auch endlich einen Blick ins Innere
des Hauses werfen können. Damals war sie von dem
Wunsch besessen gewesen, einmal zu sehen, wie die
feinen Leute wohnen.
Der Schreck fuhr Lisa und Paul in die Glieder, als
sie die Wohnung betraten. Es war wie ein Schock.
Bierdosen und Schnapsflaschen türmten sich neben
einer stinkenden Matratze. Man habe den Sohn, der
nur noch allein in der Wohnung lebte, abgeholt und
in eine Anstalt gebracht, sagte man. Seit der Einwei-
sung seiner Mutter in eine psychiatrische Klinik, wo
sie dann auch gestorben sei, wäre er dem Alkohol
verfallen gewesen. – Ob es diese Frau war? fragte
Lisa sich wieder...
Die Decke auf dem Lager am Fußboden lag da, als
hätte man sie eben erst beiseite geschoben. Im

Wohnzimmerbüfett hinter blinden Scheiben – Porzellanfiguren, Urlaubsandenken und Kristallsachen. An den Wänden Gesichter verschiedenen Alters in braunen Rechtecken und Ovalen. Der zerknitterte braune Ledersessel am Fenster mit einer heraussehenden Sprungfeder in der Mitte der Sitzfläche ließ in Lisa das liniendurchfurchte Antlitz eines alten Bergbewohners entstehen. In den Räumen war Gleichgültigkeit zu spüren – Gleichgültigkeit den Dingen gegenüber, die im Laufe eines Lebens angehäuft, liebevoll gepflegt und für unverzichtbar gehalten worden waren – Requisiten eines vergangenen Lebens. Geblieben waren Schatten, Erinnerungen, Staub – nichts als Gespenster...

Immer wieder schaute Lisa sich um. Plötzlich schien alles hell, die Wände in Weiß und zartem Gelb, ein in Weiß gefliestes Bad, duftige Gardinen an allen Fenstern. Ein graublauer Teppich bedeckt die Böden. Sie sah ihr neues Heim schon in strahlender Schönheit. Es wird wunderbar werden. Warum kann der Mann das nicht genauso sehen? Dachte sie. In ihrer Freude über die Vorstellung, wie die Farbe des Teppichbodens sich von den hellen Möbeln abheben würde, rief sie: „Schöööön!" Paul schüttelte den Kopf. Er konnte ihren freudigen Ausruf nicht so recht verstehen.

Lisa zog die grauen und staubigen Gardinen auf und blickte in einen verwilderten Garten. Eine Schaukel hing matt am Ast eines Baumes, schief – vergessen.

Manchmal erbarmte sich ihrer der Wind. Es überrascht Lisa, welche Empfindungen diese verwaiste Schaukel in ihr auslöste ... Wie oft mögen sie, die hier gelebt hatten, vom Sessel aus zu der Schaukel hinübergeschaut haben, ziellos mit den Händen über die Armlehnen streichend in Erinnerung an ihre Kinder, an Vergangenes ...? Lisa musste an die große hagere Frau von damals denken, die blind an den Führer, an die Partei und deren Ziele geglaubt hatte. Wie groß musste ihre Enttäuschung gewesen sein? Vielleicht war es ja wirklich ihr Platz, den sie und Paul jetzt einnehmen wollten, ging es ihr wieder durch den Kopf – aber so ist eben das Leben...

Paul, angewidert von all dem Schmutz, wollte gleich wieder gehen. „Gegen Schmutz kann man etwas tun", sagte Lisa. „Und denke daran, hier hast du deinen Wald." Das überzeugt Paul.

Noch einmal ging sie zum Fenster. Wirklich, der Garten war eine struppige Wüste. Sie nahm sich vor, ihn wieder in Ordnung zu bringen. Eine Bank sollte unter dem Apfelbaum stehen und längs der Wege Männertreu, Rittersporn und Margeriten blühen. Mit Pauls Hilfe würde sie dabei nicht rechnen können, er hasste Gartenarbeit. – Nur Gartenarbeit? dachte sie. Er sagte immer von sich selbst, dass er ein fauler Hund sei – und Lisa würde sich hüten, ihm zu widersprechen. Aber wenn er wollte, konnte er. Zeitgleich mit der Suche nach einer gemeinsamen Wohnung war Paul in seiner Firma überraschend durch die Sortiermaschine gefallen – Vorruhestand! Lisa musste noch ein paar Jahre arbeiten. So blieb der größte Teil der Renovierung an Paul hängen. Die Osterglocken im Vorgarten ließen schon ihre zerknitterten Köpfe hängen, als das neue Heim endlich fertig war und sie einziehen konnten. Als Paul dann wie selbstverständlich den Hausmann machte, riss es Lisa glatt aus den Pantoffeln. Es war ein Heim, geschaffen für den Rest des Lebens. Aber sie wurde das Gefühl nicht los, dass es noch keine neue Seele habe, dass in ihm immer noch die Gespenster wohnten, die sich sechzig Jahre lang dort breit gemacht hatten. Mit der Zeit aber, so hoffte sie, würde es ihr sicher gelingen, sie zu verjagen.

Lisas erster Einkauf in ihrer neuen alten Heimat führte durch eine Strasse, die sie frieren ließ. Das „Damals" drängte sich in ihr Gedächtnis, und ihr Schritt verlangsamte sich an dem Backsteinhaus mit den niedrigen Fenstern. Früher stand dieses Fenster meistens offen, und sie konnte nur auf Zehenspitzen hineinsehen. Nun erwachsen, hätte sie es leichter gehabt, aber das Fenster war geschlossen – der Blick ins Innere versperrt durch eine Gardine, hinter der sich nichts zu bewegen schien. Nicht wie einst, als der freundliche Mann mit der Kneiferbrille auf der Nasenspitze im Schneidersitz auf dem Tisch saß, und Lisa übermütig vor dem Fenster stand und 'Schneider, meck-meck-meck, juchheirassa!' trällerte. Jedes Mal reichte er ihr ein Bonbon nach draußen, aber nicht, ohne sich beim Aufstehen den Kopf an der tief hängenden Lampe gestoßen zu haben. Durch das pendelnde Licht schienen die Regale und die dicken Stoffballen hin und her zu tanzen, bis der Mann wieder auf dem Tisch saß und die Lampe anhielt. 'Juchheirassa, juchheirassa, lass die Nadel sausen' sang sie dann weiter, wenn er wieder mit seiner Arbeit begonnen hatte. Es verging kaum ein Tag, ohne dass sie ihn besuchte.

Juchheirassa, juchheirassa', schwirrte nun die Melodie wieder durch ihre Gedanken, als sie um die Ecke des Hauses bog. – Zugemauert! Sie haben ihn zugemauert. Wo einst das Schaufenster und der Eingang zu dem kleinen Laden waren – nichts als Steine. Beharrlich behaupteten sich die Umrisse im Flickwerk; und ihr war, als müsse nur die Jalousie hochgezogen werden, und zwischen bunten Knöpfen und Garnrollen, Scheren und Stoffen stünde sie da, die Puppe aus Draht, die ihr, dem kleinen Mädchen, damals so großes Kopfzerbrechen bereitet hatte - eine Puppe aus Draht, ohne Kopf, ohne Arme und Beine! Bis der freundliche Mann ihr erklärt hatte, dass es eine Schneiderpuppe sei und wozu man sie benutze.

Gleich drängte sich ihr das Bild auf, wie diese Puppe eines Tages zwischen zerschlagenem Fensterglas auf der Straße lag – zerbeult von Fußtritten – umgeben von all den bunten Garnen und Knöpfen – bedeckt von entrollten Stoffballen, wie Fahnentücher nach einer gewonnenen Schlacht vom Mast gerissen – zerstochen und zerschnitten. Das Geräusch der Messer auf dem Asphalt, in blinder Wut in sie hineingerammt, das Zerreißen von Stoff, Rufe, von denen nur der schreckliche Satz 'Weg mit der Judenscheiße!' sich in ihr Gedächtnis gebohrt hatte, vermischten sich mit der Melodie des Kinderliedes in ihrem Kopf.

Sie durchlebte wieder, wie sie, an die Hauswand gepresst und vor Angst zitternd, das Ganze sah, ohne es zu begreifen, bis alles still war – unheimlich still. Nur die Stofffetzen bewegten sich unruhig im Wind. Sie hatte hinübergeschaut zu dem Fenster – Dunkelheit war in den Höhlen. Den freundlichen Mann hatte sie nie wieder gesehen.

Seit dem Tag, da sie sich wieder an dieses schreckliche Geschehnis erinnert hatte, verlangsamte sie vor dem Backsteinhaus jedes Mal ihren Schritt, wenn sie auf dem Weg zum Supermarkt war. Und noch heute heben sich die später vermauerten Steine vom alten Mauerwerk ab, so, als wollten sie nichts vergessen machen.

Ein stummes Mahnmal für Lisa, die um seine Geschichte weiß.

Seit ein paar Tagen machte der Herbst, was er wollte. 22Grad zeigte das Thermometer. Diesen schönen Tag im Haus zu verbringen wäre eine Sünde. So

packte Lisa die gefüllte Kaffeekanne und ein paar
Kekse auf ein Tablett, klemmte sich die Mappe mit
den Notizen unter den Arm und verlegte ihren Arbeitsplatz in den Garten. Vielleicht würde es ihr ja
an der frischen Luft gelingen, endlich über Christina
zu schreiben. Wie oft schon hatte sie damit begonnen, die Mappe beiseite gelegt, wieder begonnen
und wieder beiseite gelegt. Über Christina zu
schreiben machte ihr Mühe, besonders, seit sie sich
nach dem Tod von Christinas Vaters etwas näher
gekommen waren, und in Lisas Innerem sich das
Geröll von Steinen zu einer Mauer zusammengefügt
hatte, die ihr endlich etwas Ruhe gab. Der Gedanke,
diese Mauer wieder einreißen und alles noch einmal
durchleben zu müssen, machte Angst. Womit aber
sollte sie beginnen? Von den spärlichen Erinnerungen existierten nur Notizen, die alle den gleichen
Stellenwert hatten. Jede konnte an den Anfang gehören. Aber an welchen Anfang? An den erhofften von
damals, als sie und Christina ein paar Tage am Meer
waren? Und dann? Was käme danach? Es war so
schwierig, aus einer festen Mauer Steine zu brechen.
So begann Lisa mit den Tagen am Meer. War der
Anfang erst einmal gemacht, würde es schon weiter
Es waren schlimme Tage gewesen. – Nein! Sie so zu
bezeichnen, wäre nicht richtig. An den ersten drei
Tagen hatte jeder sein Bestes gegeben, bis zum
Abend des vierten Tages... Mechanisch goss sie sich
eine Tasse Kaffee ein. – An jenem Abend am Meer

war in Christina etwas vorgegangen. Lisa hatte es gleich gespürt. Sie spürte immer, wenn etwas mit Christina nicht stimmte – an ihrer Stimme am Telefon – an ihrer inneren Unruhe...

Sie saßen in einem gemütlichen Lokal beim Abendessen. Als wären die Worte von einer Art Überdruck aus ihr hinausgeschleudert worden, hatte ihr Christina plötzlich Dinge vorgeworfen, die ihr bisher belanglos erschienen waren gegenüber denen, deren sie sich immer schuldig fühlte. – Hatte Christina die vergessen, oder sie vielleicht auch so tief in sich vergraben wie Lisa? Gedankenverloren nippte sie an ihrer Kaffeetasse, die sie schon eine ganze Weile dicht vor ihrem Mund hält. – Das war ein schrecklicher Abend gewesen! In dem Bewusstsein, endgültig verloren zu haben, war sie weinend aus dem Hotel in die stürmische Nacht gerannt, sobald Christina ihre Zimmertür geschlossen hatte. Vorbei am grell erleuchteten Pavillon zur Promenade, vorwärts getrieben von einem zornigen Wind. Sie war gerannt, ohne zu merken, dass es dunkel geworden und ihr schon lange niemand mehr begegnet war. Sie setzte sich in den Sand. Wild und heftig atmete die See und sie wünschte, für immer von ihr mitgenommen zu werden.

Als sie sich auf den Rückweg machte, waren die Lichter der Stadt nur noch in der Ferne zu sehen. Es war schwer, gegen den Wind zu laufen. Am Pavillon wurden gerade die Lichter gelöscht, und ein Kellner hatte Mühe, die Stühle vor dem Sturm zu sichern. Er hatte ihr etwas zugerufen, Worte ohne Gewicht, die der Wind mitnahm.

In Christinas Zimmer brannte noch Licht. Das hell erleuchtete Fenster an der schon dunklen Hotelfassade war Lisa wie eine eiternde Wunde erschienen, die schmerzte … Es musste Christina nicht leicht gefallen sein, Lisa am nächsten Morgen zum Frühstück abzuholen. „Guten Morgen", hatte sie gesagt. Es war ein schuldbewusstes, aber versöhnliches 'Guten Morgen', eines, das wie 'Da war doch nichts, oder? Ich hab's nicht so gemeint' klingen sollte – ein 'Guten Morgen', das die erhoffte Wirkung verfehlt hatte. Ein Blick in Lisas Gesicht musste für Christina so gewesen sein, wie kurze Zeit vorher Lisas Blick in den Spiegel, denn eine ganze Nacht durchgeweint hatte sie noch nicht einmal in der schlimmsten Zeit mit Eric. Aber Gefühle für einen Mann gehen nicht so tief, sie verändern sich. Sie entwickeln sich, nutzen sich ab, je häufiger sie verletzt werden, und dann ist dieser Mensch wieder so fremd, wie Eric Lisa fremd geworden war. Gefühle für das eigene Kind aber sind anders, dauerhaft. Sie bedeuten Glück, Sorge und Angst ein Leben lang. Aber das verstand Christina damals noch nicht. Sie hatte einmal gesagt, das ganze mütterliche Getue sei sentimentaler Quatsch. Es war Trotz. Sie muss fünfzehn gewesen sein. In dem Alter sagt man so etwas – nur keine Gefühle, keine Unsicherheit zeigen.

Niemandem die vielen verletzlichen Stellen offenbaren, die man mit fünfzehn hat.

Lisa steht auf, geht ein paar Mal den Weg auf und ab, zupft hier und da ein paar welke Rosenblätter vom Strauch. Über Christina nachzudenken, macht sie immer unruhig. – Eines immerhin war ihr klar geworden: Mit ihrer nächtlichen Heulerei damals hatte sie mal wieder total falsch reagiert. Sie hätte wissen müssen, dass sie beide sich immer noch zu dicht am Rand eines nur scheinbar friedlichen Kraters bewegten und Christinas wunde Stellen längst nicht verheilt waren. Christina hatte sich immer schwer mit ihrem Leben getan, eigentlich von Anfang an...

Lisa drücke die welken Rosenblätter in die Erde und ging mit ihren Gedanken wieder zum Tisch zurück. – Ja, Christina hatte sich wirklich schwer getan. Schon aus ihrem Bauch wollte sie nicht heraus, ließ Lisa zwei Tage und zwei Nächte in den Wehen, ehe sie wie ein Fisch aus ihr herausgeflutscht und davongeschwommen war. Immer weiter und weiter. Warum konnte Lisa sich kaum an das Kind Christina erinnern? – Für einen Moment schloss sie die Augen, versuchte, wie schon so oft vergeblich, die verworrenen Erinnerungsfäden zu entwirren. – Da waren die kleinen Ärmchen, die sich abends beim Zubettgehen um ihren Hals legten und nicht loslassen wollten. – War es eine Geste, die besagen sollte: 'Ich hab dich doch lieb, Mami'? – Dann waren da

die großen fragenden Augen, die ohne Tränen weinten. Die blutende Wange, verletzt durch einen Por-
zellansplitter, der sie bei einem Streit zwischen dem
alkoholisierten Eric und Lisa getroffen hatte. – An
Kinderlachen erinnert sie sich genauso wenig wie an
die ersten Schühchen oder an Christinas Lieblings-
spielzeug...Christina war immer ein seltsames Kind
gewesen. Niemals hatte Lisa von ihr ein Wort des
Widerspruchs gehört, ganz gleich, was sie erdulden
musste. Sie war immer eine Gefangene ihrer selbst,
stumm – verstockt, in stummem Protest gegen die
Familie, in die sie hineingeboren war: Gegen den
Vater, der seine kleine Tochter „Fritz" nannte, weil
er lieber einen Sohn gehabt hätte, den Vater, der
trank, randalierte und der schwangeren Mutter in
den Bauch trat, als diese das Brüderchen trug, das
sich dann kurz nach der Geburt wieder aus dem Leben stahl, als hätte es gewusst, was es erwarten würde. – Protest gegen die Mutter, die sich der Aufgabe
des Zusammenlebens mit einem Alkoholiker nicht
gewachsen fühlte und nicht in der Lage war, ihre
kleine Tochter vor den Auswirkungen des Familien-
dramas zu bewahren, die ihren Frust an dem Kind
ausgelassen und, statt es zu loben, oft nur getadelt
hatte. Dabei hielt Christina immer nur ihre großen
dunklen Augen starr auf Lisa gerichtet. Und sie, in
ihrer Ohnmacht, fühlte sich dann wie eine schlechte
Mutter, deren einzige Zuflucht die Tränen gewesen

waren. Wie musste Christina diese Tränen gehasst haben, wo sie selbst doch niemals weinte.

Inzwischen ist Christina erwachsen geworden, Lisa aber von den Tränen immer noch nicht losgekommen, wie die Auseinandersetzung damals am Meer gezeigt hatte.

Da hatten sie nun am nächsten Morgen schweigend am Frühstückstisch gesessen, ohne die üblichen scherzhaften Bemerkungen, dass ein Hotelfrühstück dem anderen aufs Haar gleiche, oder ob der Kaffee nicht vielleicht doch Tee sei.

„Wirst du jetzt gar nicht mehr mit mir reden?", hatte Christina gefragt. Doch, reden mussten sie, schonungslos, denn Christinas ständiger Vorwurf war: „Du bleibst immer nur an der Oberfläche, ob beim Erzählen oder beim Schreiben. Sprich doch endlich mal aus, wie es wirklich bei uns war." So versuchten sie es. Doch viel weiter als mit Lisas kümmerlichen Erinnerungen kamen sie auch mit den gemeinsamen Erkenntnissen nicht. Auch für Christina war das meiste unerreichbar – war tief ins Unterbewusstsein gerutscht. Wo es dort auch sitzen mochte, sie fanden beide keinen Zugang. Und eine Erklärung, weshalb sie beide nie so recht zueinander finden konnten, fanden sie auch nicht. „Vielleicht waren wir ja in einem früheren Leben einmal Feinde", hatte Christina gemeint...

Eine Amsel kommt mit lautem Geschacker dicht über die Wiese geflogen und unterbricht Lisas in ihren Gedanken. In diesem Moment kommt auch Christina durch das Gartentor über den Rasen. Ihr dunkles Haar glänzt in der Sonne wie das Schieferdach der Kirche hinter dem Haus nach einem Regen.

„Hallo, Lisa! (sie sagt selten Mutter) Geht es dir gut?"

„Sieht man das nicht?", antwortet Lisa. „Und dir? Du siehst müde aus."

„Ja, ja, Rentner müsste man sein", sagt Christina herausfordernd.

„So alt möchtest du bestimmt noch nicht sein, oder?", erwidert Lisa lachend. Auch Christina lacht, und ihr sonst so hübsches ernstes Gesicht ist noch hübscher. Eine Weile geht das Geplänkel so weiter. Das tut Lisa gut, denn Christina spricht sonst nicht viel. – Ist das vielleicht ein neuer Anfang?

Eine dunkle Wolke zieht vorüber, ihr folgt ein heftiger Wind, der Lisas Manuskriptseiten in die Beete mitnimmt und an den Ästen des Apfelbaumes rüttelt. Wie kleine Segelboote mit abgeknickten Masten schaukeln vereinzelte Blätter durch die Luft – auf den Rasen, auf das Tischtuch und eins auf das Haar von Christina, die gerade aufgestanden ist.

„Ich muss heim! –„ Ach, ich hätte gern ein bestimmtes Buch", kommt es etwas stockend, „eins von denen, die du damals aussortiert hast, als wir Papas Wohnung ausgeräumt haben. Könnte ich das mitnehmen?"

„Natürlich, es sind doch deine Bücher. Du weißt, wo du sie findest". Lisa schaut ihr verwundert nach, als sie ins Haus geht. Das braune Blatt rutscht langsam aus dem Haar, verhakt sich kurz und segelt dann schaukelnd zu Boden. – Schön, dass sie nun doch eines von Papas Büchern haben möchte. Damals hatte sie sich geweigert, etwas aus der Wohnung mitzunehmen, weil alles für sie mit unliebsamen Erinnerungen behaftet gewesen war. Gut, dass Lisa mitgenommen hatte, was in der Familie bleiben sollte. Ihr macht die Vergangenheit längst keine Angst mehr. Sie war ein wichtiger Abschnitt in ihrem Leben. Vielleicht sieht Christina das inzwischen auch so. Sie hat sich verändert – beide haben sich verändert.

Lisa fröstelt plötzlich und greift nach dem Schultertuch, das auf die Erde gerutscht war. Der Himmel zeigt schon sein schläfriges Blau. Es wird ungemütlich, als wollte der Herbst nun doch den Sommer endlich in seine Schranken verweisen.

Ohne dass Lisa es bemerkt hatte, steht Christina plötzlich mit einem Beutel voller Bücher neben ihr. „Ich habe noch ein paar andere eingepackt. Danke, Lisa, und mach's gut."

Eine Umarmung und Christina geht wieder über den Rasen und durch das Gartentor. – Der Haltung ihres Kopfes nach zu urteilen blickt sie geradeaus, nicht mehr wie früher auf die Fußspitzen …

Seit einiger Zeit kümmerte sich Cristina um ihren kranken Vater. Eric ließ es zu, dass auch Lisa wieder Kontakt zu ihm aufnahm. Vielleicht hatte er dabei an das Versprechen gedacht, dass sie ihm damals nach vollzogener Scheidung auf der Treppe des Gerichtes gegeben hatte – das Versprechen, im Alter und im Krankheitsfall für ihn da zu sein. Obschon dieses Versprechen eigentlich nur dem Gefühl entsprungen war, im Augenblick des Abschieds noch irgendwas sagen zu müssen, egal was. Ihre Vorstellung von Liebe und Familie, war damals ein für alle Mal zerbrochen und ebenso die Hoffnung, Eric ändern zu können.

Wie befreit hatte sie sich doch nach der Trennung von ihm gefühlt, gehörte nicht mehr auf Biegen und Brechen zu den „Bis der Tod euch scheidet – Frauen." Sie hatte tatsächlich den damals für den Beamtenstand noch heiklen Sprung gewagt. Das schien Eric ihr nie verzeihen zu wollen. Und nach seiner Weigerung in all den Jahren, schon wegen der gemeinsamen Tochter Christina, den Kontakt mit Lisa aufrechtzuerhalten, musste sie annehmen, dass er ihr Versprechen gar nicht ernst genommen hatte. – Vielleicht will er nur nicht so einsam sterben, wie er in den letzten Jahren gelebt hatte...

Die schwarzen Buchstaben an der Glastür schienen in der Luft zu hängen – Station III b Geriatrie. „Sein Zimmer ist am Ende des Ganges", hatte Christina gesagt. Wie ein Partikel in der Unendlichkeit fühlte Lisa sich auf dem langen Flur. Das Klacken ihrer hochhackigen Schuhe im Rhythmus mit dem Quietschen von Christinas gummibesohlten Sandalen füllten die kalt glänzende, in beige gehaltene Leere, in die Lisa, ohne es so recht zu wollen, immer tiefer hineintauchte. 'Noch kannst du umkehren, einfach umkehren', sagte ihre innere Stimme. Aber Christina brauchte ihre Hilfe, und außerdem hatte sie versprochen, Eric die Fußnägel zu schneiden.

Plötzlich blieb sie stehen, als hätte es ihr jemand befohlen. Durch die halb geöffnete Tür des Aufenthaltsraumes konnte sie ihn sehen. Gespürt aber hatte sie ihn vorher schon. – Wie mit spitzen eiskalten Fingern hatte seine Aura sie berührt – ihren Schritt gebremst.

„Da ist er", sagte sie zu Christina.

Unter großer Anstrengung und mit krampfhaften Bewegungen erhob er sich vom Stuhl, bewegte sich wie ein Roboter auf Lisa zu. Wie eine zweite Haut schmiegte sich ein Schlafanzug aus Frottee an den Körper des abgemagerten Mannes an, dessen dünne Arme Lisa umfassten, so, als wäre sie noch immer sein Eigentum. Ein Schauer lief ihr über den Rücken, als seine feuchtkalten Lippen ihre Wange berührten.

„Hallo Papa", sagte Christina und nahm seinen Arm. Als Lisa helfen wollte, ihn zu stützen, machte er eine unwirsche Bewegung. – Da war wieder dieser

herrische Blick, vor dem sie sich immer gefürchtet
hatte. Aber wie zärtlich und weich konnten manchmal diese Augen strahlen, wenn er Liebe wollte. –
Aber das war, bevor der Alkohol sie getrübt und ge-
rötet hatte. Damals dachte Lisa oft, wären Augen
Spiegel der Seele, könnte sie das erkennen, was tief
in seinem Inneren verborgen lag und wonach sie
sich immer so sehr gesehnt hatte...
Als ein Pfleger ins Zimmer kam, deutete Eric mit
seiner kraftlosen Hand auf Lisa und Christina und
sagte: „Meine Frau, meine Tochter." „Was redet er
nur?", bemerkte Lisa leise zu Christina. „Er ist doch
nicht verwirrt."
Vielleicht gaukelte er sich am Ende ja selbst eine
heile Familie vor, wollte zu verstehen geben, dass er
sich immer noch mit ihr verbunden fühle – dass er
die Trennung vor siebenundzwanzig Jahren nicht
akzeptiert habe, und jetzt am Ende seines Lebens in
den Ruinen seiner Erinnerung nach ihr verlangte?
Viele Gedanken gingen Lisa durch den Kopf.
Unter großer Anstrengung und mit Hilfe des Pfle-
gers hatte Eric es geschafft, seinen knochigen Körper in die Waagerechte zu bringen. Verloren wirkte
er unter dem weißen Deckbett, unter dem man kaum
einen menschlichen Körper vermutet hätte, wäre da
nicht auf dem Kopfkissen ein blasses Gesicht zu sehen gewesen.
Erschüttert stand Lisa am Fußende des Bettes, versuchte in ihm etwas von dem hübschen blonden

Mann mit den blauen Augen und dem aufrechten Gang wiederzufinden, der ihr bei der ersten Begegnung das Gefühl gegeben hatte, der Boden würde sich unter ihren Füßen öffnen. – Was war aus ihm geworden? – Was war aus Lisas Träumen geworden?

Inzwischen kann sie ohne Emotionen über Eric und über die Zeit mit ihm nachdenken, denn sie hatte sich innerlich längst mit ihm versöhnt. Was konnte er schon dafür, dass so viele vergiftete Seelen, deren er nicht Herr werden konnte, in seiner Brust nisteten? Vor ihnen hatte er sich in den Alkoholrausch geflüchtet. Sicher hinderten sie ihn daran, so zu sein, wie er wohl gern gewesen wäre, denn er hatte ihr einmal geschrieben: „Meine Liebe zu Dir und mein Verhalten weiß ich nicht in Einklang zu bringen." Das hatte sie nie vergessen. So und nicht anders wollte Lisa ihn sehen. Und schließlich hatte die Zeit mit Eric aus Lisa das gemacht, was sie heute ist, verständnisvoll, nachsichtig und Grenzen zu achten. Nun muss sie Christina beistehen, weil sonst niemand da ist, der sich um ihren Vater kümmern könnte.

Da saß Lisa nun nach dieser langen Zeit auf seinem Bett, seinen zitternden Fuß fest unter ihren Arm geklemmt, um ihn nicht mit der Schere zu verletzen. – Ein eiskalter Fuß, an dem sie sich einmal wärmen konnte.

Ein paar Tage später hatte Lisa einen schrecklichen Traum: Sie sah das Gesicht einer Frau – nur schemenhaft. Es begleitete sie in ein scheinbares Nichts. Nebel war um sie – verflüchtigte sich wieder. Da war ein Raum – nur Spiegelwände und wieder diese Frau, aber nun in ihrer ganzen Gestalt – fast schwebend. Ihre Füße hingen in Wolken. Als Lisa auf sie zu ging, erkannte sie ihr eigenes Gesicht. Sie streckte ihre Hand danach aus – lautlos zersprang der Spiegel. Einem Spinnennetz gleich verbreiteten sich Risse – ihr Körper zerfiel – Rumpf und Gliedmaßen bewegten sich im Raum wie im zarten Spiel, bis ein Sog sie in eine Öffnung im Boden zog. Ihr Kopf aber blieb gefangen in der Mitte des Netzes, von dessen Rand sich lauernd ein spinnenähnliches Wesen auf sie zu bewegte. Sie erkannte dieses Wesen. Es war schon früher in ihren Träumen, hatte torkelnd und lallend seine Spinnenarme nach ihr ausgestreckt – ihr die Luft zum Atmen genommen. Mit nadelspitzen Krallen begann es nach ihrem Kopf zu schlagen – riss, kratzte, als wollte es die Erinnerungen an eine quälende Vergangenheit aus ihr herausreißen ... Plötzlich hielt das Wesen inne. Sein Blick wurde sanft. Erschreckt schaute es auf ihr blutendes Gesicht. Sein Körper fiel zusammen, riss das Netz mit sich. Ihr Kopf war wieder frei, bewegte sich noch eine Zeitlang orientierungslos im Raum, bis der Sog auch ihn in die Öffnung zog – zurück in die Tiefen der Traumwelt.

Das Telefon hatte Lisa aufgeweckt. Benommen nahm sie den Hörer ab. Es war Christina, die sagte: „Papa ist vor einer Stunde gestorben." Wie erstarrt saß Lisa in ihrem Bett, sah auf das Loch im Boden, das nicht vorhanden, suchte nach dem Traumbild, das verschwunden war – verschwunden in jene Welt, die so schwer begreifbar… Nun war er doch allein gestorben, lag in der Küche auf dem blanken Fußboden, unter ihm eine braune Lache. Lisa schloss die Tür. – Der Tod hätte wirklich gnädiger mit ihm umgehen können. Als sie ihn abgeholt hatten, zog Lisa sich Gummihandschuhe an …

Vor vielen Jahren schon hatte Lisa begonnen, ihre Kriegserlebnisse aufzuschreiben, in der Hoffnung, ihren Kopf und ihre Seele frei zu bekommen. Erst schrieb sie auf einer Schreibmaschine, dann schaffte sie sich einen gebrauchten Computer an. Aber das wollte gelernt sein. Ein Kursus - dauerte zu lang, ist zu zeitraubend und kostete Geld, das sie nicht hatte. Ein netter Nachbar half ihr dabei. „Word" hatte sie ziemlich schnell begriffen, jedenfalls das was sie brauchte und mehr kommt mit der Zeit. Aber, das Internet lag ihr in der Nase – oh je, oh je!! – Obwohl alle sagten, es sei schwer, besonders in ihrem Alter. Aber das wollte sie ausprobieren. Diese Herausforderung kitzelte. Sie schaute ins Internet-Buch, verstand aber nur Bahnhof und holte den

Nachbarn zu Hilfe, und der verstand es toll, zu erklären. Was Lisa dann von der Technik verstand, fand sie total super. Nur mit der Theorie und den Worten, da hatte sie es eben nicht so. Sie fragte sich immer weiter durch bei Nachbar Harm. Richtig heißt der ja anders, aber was so die richtigen Computer-Heinis sind, die geben sich so komische Namen. Braucht ja nicht jeder wissen, mit wem er verkehrt und so. Also, Nachbar Harm machte das alles ganz anschaulich. Und Lisa stellte sogar fest, dass das Prinzip fast wie im Leben ist. Zum Beispiel ein 'Explorer', sagte Harm, ist sozusagen das Surfbrett, mit dem man durch das weltweite Datenmeer surfen kann. Das verstand sie. Und ein 'Provider', sagte er, ist ein Versorger, der das Internet mit Daten versorgt.

Ha! Da hatte Lisa gedacht, ungefähr wie mein Paul, der versorgt mich ja auch – nicht mit Daten, nein, mit Euros. Dann wäre der also ihr 'Provider'. Schade, dass der sich nicht für Computer interessiert. Der nimmt sich lieber seinen Explorer und surft an der Nordsee. – Ja, an der Nordsee. Eigentlich müsste der doch neidisch auf Lisa sein, wenn er nur an der Nordsee herum sitzt, und sie so ganz bequem auf einem Stuhl sitzt und im weltweiten Datenmeer surfen kann. Das hatte er nun davon. Warum ist er auch nicht mit im Netz. Das ist doch so praktisch. Man braucht nirgendwo mehr hinzugehen und hat trotzdem Spaß. Jede Menge Kontaktaufnahmen durch 'Cyberspace', so heißt das. Das sind ja Worte, die kann man kaum schreiben und dann soll man sie auch noch behalten. Da muss sie oft mit ihren grauen Zellen kämpfen. Aber das ist ihr der Spaß wert. Sie hat nämlich gern Kontakte. Beim Computer geht das eben nur elektronisch, dafür ist es aber auch günstig, wenn man will. Sie glaubt, das heißt 'Call by Call', da kann man jede Menge Billiganbieter wählen, sagte Nachbar Harm. Toll! Das merkt sich doch jeder. Wann und wo hat es für Kontakte auch schon mal Billiganbieter gegeben? Jetzt wusste sie auch, warum Harm gesagt hatte, dass man

Ordner anlegen muss. Klar, damit man den Überblick nicht verliert. Könnte peinlich werden, und das will doch keiner.

Da gibt es noch so etwas, das heiß 'Cybersex'. Das hat Lisa allerdings nicht vom Nachbar Harm, das weiß sie von einer Freundin. So etwas lässt sich besser von Frau zu Frau übermitteln. Aber, wenn sie ehrlich ist, da will sie nichts von wissen, das ist ihr einfach zu abstrakt. Da wird sie lieber die Finger von lassen. Sie hat sich das mal ganz kurz nur vorgestellt: Da hat man, sagen wir mal in England, einen Kontakt. Dann zieht man sich so einen komischen Anzug an mit Sensoren dran. Dann fängt man an, sich zu begrabschen. Was soll daraus schon werden? Das nennt sich Fortschritt? Eingeschränkte Lebensqualität ist das, und sich aus der Verantwortung stehlen. Und dass die Bevölkerungszahlen dann absacken, das kümmert keinen. So sieht das aus – wenn sie es richtig verstanden hat. Nein, so etwas will Lisa einfach nicht kapieren. Das, was sie inzwischen kann, reicht für ihr Alter. So ein bisschen elektronische Kontaktaufnahme ist zwar gewöhnungsbedürftig, aber schön.

Übrigens hat sie auch im Internetbuch gelesen, dass die, die per E-Mail verkehren, viel schneller auf den Punkt kommen, weil das ganze Drum und Dran und was man sonst noch so macht, wegfällt. Jetzt weiß Lisa aber nicht so recht, wie sie das verstehen soll. – Sie denkt, dass die wohl alles rationalisieren wollen. Da kann man doch jetzt nur hoffen, dass sich nicht irgendwann mal Ausfallerscheinungen bemerkbar machen, wenn die sich alle nur noch elektronisch vergnügen. Gar nicht auszudenken wäre das!

Dann steht da noch, was Lisa fast umgehauen hätte. Man kann bei dem ganzen elektronischen Getue sogar seine Gefühle emotional untermalen. 'Smileys' nennt man die Dinger. Lächeln: Doppelpunkt, Bindestrich, Klammer. Hat sie versucht. Als sie dann auf die Klammer drückte, erschien ein kleines lächelndes Gesichtchen. Das versteht man, und das macht auch fröhlich. Obwohl sich ein Lächeln von Angesicht zu Angesicht nun mal nicht durch Doppelpunkt, Bindestrich und Klammer ersetzen lässt. Dann lautes Lachen: „:-D". Sie fragt sich, was hat das mit lautem Lachen zu tun. Also das Symbol findet sie ja total doof. – Doof? Jawohl! Es gibt ja so viele, die bei jedem bisschen laut lachen. Intelligent ist das ja nun mal nicht. Wenn es aber das ausdrücken soll, dann könnte sie sich mit „:-D" einverstanden erklären. Ganz schön raffiniert.

Das Symbol für Kuss ist mager – ganz mager! Etwas so Schönes wie einen Kuss nur mit einem schusseligen „:-x" zu bezeichnen, und dann noch erwarten, dass man es aus der Ferne genießen soll, was Einfallsloseres gibt es doch nicht. Doch Lisa meint, in ihrem Alter kann man sich ja notfalls noch über einen „:-x" freuen und sich zufrieden geben. Aber ... Nein, also ehrlich, da fällt ihr doch nichts mehr ein. Da kann man nur noch sagen: „:-D" aber ganz laut. Wie gesagt, wenn sie das alles richtig verstanden hat ...

Na gut. Jedenfalls, was sie jetzt von einem Computer weiß, ist schon allerhand, und damit kommt sie ganz schön vorwärts. Und mit der Zeit wird ja auch das Wissen immer größer. Ist wirklich ein Segen, so ein Computer. Aber dieses Internet - da muss Lisa sich wohl ganz allmählich hineinschleichen.

Seit längerem gehört Lisa einem Club an – ist jetzt sozusagen eine Clubianerin. Es ist ein Club, in dem Menschen ab fünfzig aufwärts willkommen sind. Klar, dass sie in ihrem Alter unter 'aufwärts' fällt. – Moment, wie war das? Aufwärts fallen? Hört sich komisch an. Man kann hoch und höher steigen oder tief und tiefer fallen. Lisa zum Beispiel ist schon oft in ein Tief gefallen. Aber tief gefallen im herkömmlichen Sinne ist sie bisher eigentlich noch nicht. Jedoch als Clubianerin hätte sie durchaus nichts dagegen unter 'tiefer als ...' zu fallen.

Seit einiger Zeit aber hat sie das Gefühl, dass sie in den Augen einiger höchst ehrbarer Leute nun auch zu den 'tief Gefallenen' gehört, nämlich weil sie in einer Disco war. – Wiederholt hatte sie den entsetzten Ausruf gehört: „In Ihrem Alter?!" Und dabei schaute man sie immer etwas eigenartig an...

Man verändert sich eben durch seinesgleichen, findet plötzlich Menschen, die auch mit der Zeit gehen wollen und außerdem noch den Mut haben, jeden Unsinn mitzumachen. Da fühlt man sich wieder jung.

Natürlich gibt es auch bei uns 'jungen Alten' Tabus. Zum Beispiel würde niemand von uns Tangas tragen, Rollerskates fahren oder in der Öffentlichkeit schmusen - mit wem auch? Aus manchen Dingen ist man eben raus gewachsen.

Jawohl, sie war in einer Disco – einer Disco für die 'reifere Jugend'. – Reif? Meint sie nicht überreif? wird manch spitze Zunge fragen. Klar! Schließlich kommt es auf die Sorte an, manche Sorten halten sich eben länger.

Außerdem hat sie nun endlich einmal die Musik der jungen Leute von heute kennen gelernt – hautnah –

am eigenen Leibe gespürt. Musik gehört ja zum Leben, angefangen beim Wiegenlied über den Schlager, Schmusesongs, Jazz, Klassik bis hin zum Trauermarsch. Alles zu seiner Zeit natürlich. Aber dass aus ihrer Generation bloß niemand auf die Idee kommen möge, in einer Disco ginge es zu wie bei Hazy Osterwald, schnuckelig und gemütlich. Nein! Dort dröhnt, stampft, blitzt und brodelt es wie in einer Hexenküche. Unterhaltung? Nicht möglich. Braucht man auch nicht, weil man meistens isst, und das von einem verführerischen Buffet. Man kann essen, was das Herz begehrt, bis zum Platzen. Für ganze sieben Mark Eintritt. Getränke natürlich extra. Aber was trinkt man schon in ihrem Alter? Vielleicht neben Mineralwasser mal ein Verdauungsschnäpschen wegen der Bekömmlichkeit. (Funktioniert ja nicht mehr alles so, wie es sollte). Zwischendurch zappelt man die Kalorien ordentlich ab, dann braucht man sich um die Figur nicht zu sorgen. Das ist das Gute an einer Disco, man kann ganz alleine zappeln. Man geht auf die Tanzfläche, stampft mit den Füßen und rudert mit den Armen. Und ohne dass man es merkt, kommt sogar ein ganz bestimmter Dreh rein, als wäre ein Virus übergesprungen. Bewegung ist ja nun mal gesund und wichtig für alt und jung.
Aber, ehrlich gesagt, nach dem Schnüffelabend kommen Lisa Bedenken, ob sie in ihrer Sturm- und Drangzeit heute auch so unbeschadet geblieben wäre

wie damals, in den Tagen der guten alten Tanzdielen…
Nach dem Verlassen der Disco nahm Lisa sich dann heimlich die Stöpfchen aus den Ohren.

Heute macht Lisa einen Stadtbummel. Das muss sein, bevor sie sich wieder in die Arbeit stürzt. Eine Band aus New Orleans ist in der Stadt. Blumenrabatten und im Hintergrund die weißen Säulen des Musentempels im Sonnenlicht hätten vielleicht von Griechenland träumen lassen. Doch statt Sirtaki sind es schwere und heiße Rhythmen, begleitet von der gewaltigen Stimme einer farbigen Sängerin, die die Zuhörer fast zum Ausrasten bringt – auch Lisa. Zum ersten Mal ist sie mitten drin in so einem Musikspektakel – hautnah. Ruhig stehen bleiben kann sie dabei nicht, wie immer bei Musik. Sie schaut sich um, ob vielleicht irgendwer sie beobachtet und denken könnte, schau dir diese Alte an. Aber ob jung oder alt, jeder bewegt sich, wippt mit den Füßen oder schwingt die Hüften. Manche verdrehen sogar die Augen, schieben Grimassen schneidend ihre Unterkiefer hin und her. Altersgrenzen gibt es nicht.
Dieser Gefühlsausbruch überrascht Lisa, wie der vor einiger Zeit, als sie mit einer Freundin ein Wochenende in einem Kurort verbrachte. Dort hatten Empfindungen sie in Erstaunen versetzt – Empfindun-

gen, die sie längst vergessen glaubte. Denn am Ende des Tages, der mit Spaziergängen durch den Kurpark, mit Cafe- und Konzertbesuchen ausgefüllt war, versprach ein Plakat für den Abend: Tanzen und Träumen bei Kerzenlicht. Lisa ging mit ihrer Freundin hin. Niemand gab ihr Gelegenheit zum Tanzen so träumte sie dann eben nur; und die Melodien, die tanzenden Paare erweckten wieder Wünsche in ihr, als hätte sich die Dichtung eines Einweckglases mit der Aufschrift: 'Romantische Gefühle' gelockert.

Lisa beobachtete die Anwesenden. Es waren überwiegend ältere Leute. Bei fast allen Frauen veränderte die Musik etwas. Ihre Augen wurden lebendig. Gefühle und Erinnerungen zauberten Jugend auf ihre Gesichter. Die meisten Männer aber, versteckt hinter Wein- und Biergläsern, schienen gelangweilt. – Ob sie überhaupt romantisch sein können? fragte sich Lisa. Ihr Paul ist es nämlich nicht – das heißt, nicht so, wie sie sich das Romantischsein vorstellt – gefühlsbetont, stimmungsvoll, träumend ... Aber er ist es auf eine andere Weise, bringt beim Malen seine Gefühle in zarten oder grellen Farben auf Papier oder Leinwand zum Ausdruck. Zärtliche Töne vermögen es nicht, ihn in Lisas romantischen Himmel fliegen zu lassen.

Früher löste Tanzmusik immer die verrücktesten Regungen in ihr aus. Später dann waren es Mahler, Mozart, Liszt, die sie stimulierten, ohne sie allerdings aus dem Gleichgewicht zu bringen. In ihrem Alter schlagen Gefühle eben keine hohen Wogen mehr, sie plätschern eher sachte dahin, um züngelnd im Ufersand zu versickern ..." Inzwischen aber weiß sie, dass es falsch ist, sich der Zahl ihrer Lebensjahre zu unterwerfen, dem jugendlichen Aussehen nachzutrauern, sich vielem zu verschließen, nur weil man älter geworden ist ...

Lisa schaut sich noch einmal um: Was die Bewegungen betrifft, sieht man keinen Unterschied, die Musik reißt jeden mit – jeden, mit und ohne Falten im Gesicht. Gefühle altern eben nicht, man darf sie nur nicht einschlafen lassen.

Seit Wochen ist die Hitze unerträglich. Jeder im Haus empfindet die Sonne als einen ungebetenen Gast – einen Gast, der einfach kein Feingefühl besitzt. Jeder versucht ihm auf seine Weise aus dem Weg zu gehen. Lisa zum Beispiel sitzt in der Küche am geöffneten Fenster, den Stuhl nach hinten gekippt, gegen den Kühlschrank gelehnt. Ja, sie weiß, das ist in ihrem Alter unpassend und gefährlich dazu. Im vorigen Jahr ist sie schon einmal umgekippt, hatte wochenlang ihren rechten Arm in Gips. Aber das hat sie leider nicht von dieser vermaledeiten Schrankelei abbringen können.

Paul hat nach langer Zeit wieder zu malen begonnen. Er malt mit einer Geschwindigkeit, als wollte er ins Guinnesbuch der Rekorde. Mathematik, Physik,

Botanik und Französisch lernen – ade! Alles machte er mit gleichem Eifer und gleicher Intensität. Jetzt ist es wieder das Malen. Nicht von jedem ein wenig – nein, wenn schon, denn schon!

Nur das Autofahren hat er sich wohl aus dem Kopf geschlagen. Fahren konnte er ja, aber schalten, Gas geben, bremsen und noch die anderen im Auge behalten, das waren zu viele Dinge auf einmal. Ständig waren ihm die anderen Fahrzeuge im Weg. Zuletzt kam doch so ein knallroter Sportwagen über die Autobahn gezischt, dessen Fahrer es einfach nicht für nötig hielt, sein Tempo zu drosseln, um Paul in die Autobahn einfahren zu lassen. Na, dem hat er es aber gegeben...

Danach fiel Paul die Entscheidung schwer – wieder ein neuer Wagen oder Bundesbahn? Diese Wahl muss ihn ordentlich gepiesackt haben. Vernünftiger Weise hatte er sich dann für die Bundesbahn entschieden. Das hieß, total autofrei zu sein, auch für Lisa, schwer, aber besser als in ständiger Angst zu leben, also solidarisch sein. Ja, so ist sie nun mal. Jetzt hofft sie, dass er bei der Malerei bleibt. Malen kann er nämlich, und es scheint ihm auch was zu geben. Sie fände es toll, denn sie mag den Geruch der Farben. Er gibt der Wohnung die Atmosphäre eines Künstlerateliers, eines Raumes voller Phantasien, voller Träume, die man sieht, spürt und riecht. Lisa mag auch Pauls kleine Pausen zwischen Blumen und Wiesen, und wenn er in seinem farbbe-

klecksten Kittel selbst wie ein abstraktes Kunstwerk vor der Staffelei steht und seinen Kaffee schlürft. Manchmal steht sie mit der Kaffeetasse in der Hand hinter ihm. Und dann fragt er ohne aufzusehen: „Haste wieder was zu knöttern?"
Meistens spürt sie an seinem Tonfall, wenn er selbst nicht so ganz mit seiner Arbeit zufrieden ist, denn die feinen Nuancen bei Rot und Grün zu unterscheiden, macht ihm Schwierigkeiten. Dann kann Lisa es wagen, mehr zu sagen, ohne dass er gleich an die Decke geht.
„Das Rot ist viel zu grell", oder, „das Grün passt nicht."
Seine Antwort weiß sie natürlich schon immer vorher.
„Nu geh', ich rede dir doch auch nicht beim Schreiben rein." Dann nimmt er den Pinsel, tupft, tupft und fragt: „So besser?"
Dann hat Lisa das schöne Gefühl, dass er sie doch manchmal braucht. Und mit seinem 'Ich rede dir beim Schreiben doch auch nicht rein' stimmt es nicht so ganz. Oft versteht er Lisas Gedanken nicht (logisch, er ist ja auch ein Mann) und muschelt in ihren Sätzen rum. Das missfällt ihr natürlich. Mit Paul ist es nicht immer einfach. Er war auch nach der Heirat Junggeselle geblieben und ist es immer noch, er lebt auch den Junggesellen, ohne Abstriche. Allein und still für sich, mit eigenem Zimmer. Ein Vorteil für Lisa, denn so kann sie, ohne ein schlech-

tes Gewissen zu haben und ohne auf die Zeit zu achten, zu ihren Lesungen gehen.

Aus dem Ehemann ist ein guter verschwiegener Freund geworden, mit dem sie über alles offen reden kann. Aber sie vermisst seine Nähe…

Heute ist Paul mürrisch, betrachtet prüfend seine Leinwand, rückt lustlos die Staffelei hin und her, drückt mit seinen verschmierten Händen die Gardine noch fester in die Ecke, um mehr Licht zu haben. Dann geht er in die Küche, und es dauert nicht lang, bis der Geruch von Farbe und Terpentin sich mit dem Duft von Kaffee vermischt.

„Die Birke vor dem Fenster muss weg, sie nimmt mir zu viel Licht", sagt er kurz.

Aha! Deshalb sein brummiges Gesicht. Hat sie's doch geahnt. Dieses Thema sollte längst abgehandelt sein. Sie wunderte sich schon, dass er so lange nicht mehr davon gesprochen hat. – Schade für den Baum und für die Vogelnester. Aber Widerspruch hätte zur Folge, dass Pinsel und Palette für immer ihren Platz im Keller finden würden und aus dem Kassettenrecorder vielleicht wieder nur französische Lieder oder Vokabeln zu hören wären. Sie könnte dann noch nicht einmal mehr knöttern, eine Sprache ist nun mal nicht rot oder grün.

Der schweigsame Paul hat viele Leidenschaften, und Lisa glaubt, dass die ihm das Leben schwer und ihn unzufrieden machen, dass sich hinter seiner Schweigsamkeit ein quälendes Innenleben verbirgt.

Jetzt steht er schwitzend aber standhaft wie ein Zinnsoldat vor der Staffelei und malt paradoxerweise an einer Winterlandschaft. Der sonst so angenehme Geruch der Farben, den Lisa so mag, scheint nun heiß und zäh in der Luft zu liegen.

„Hör auf zu schrankeln", sagt Paul kopfschüttelnd, „du wirst wohl nie gescheit, was?"

„Und du gib Acht, dass dir bei deinem eiskalten Motiv nicht die Finger steif werden!", kontert sie lachend.

Herr Olaske aus dem ersten Stock ist in seiner Wohnung, die er nur noch selten verlässt. Seit einiger Zeit ist er sehr krank, lehnt aber jegliche Hilfe ab. Frau Hanter und Fräulein Knittel sind da weitsichtiger. Sie haben Lisa ihre Wohnungsschlüssel gegeben – für den Notfall. Sie sitzen im Schatten des alten Apfelbaumes, dessen dichtes Laubdach weit über den Rasen auslädt, eine Fülle ähnlich wie im Frühling, wenn er mit zauberhaften Blüten prahlt; dann im Herbst jedoch nur kleine wurmstichige Äpfel abwirft.

Wie gut, dass Lisa aus diesem verwilderten Flecken Erde einen Garten gemacht hat. Es ist ein schöner Garten geworden. Wenn es im Frühling Apfelblüten schneit, dann steht Emma, die Vogelscheuche, wie auf einem weißen Teppich, herausgeputzt mit einer weißblau gestreiften Schürze, einem langen Rock, einer weißen Bluse und einem großen Strohhut auf dem Kopf. Und wenn der Wind die Äste bewegt und

115

Blüten auf Emma herabregnen, erwacht vielleicht bei dem einen oder anderen die Erinnerung an das Mädchen aus 'Sterntaler', das im nächsten Augenblick die Schürze heben wird, um das Glück aus dem Himmel aufzufangen. Immer öfter tauscht einer von den Hausbewohnern für eine Weile die Einsamkeit der Wohnung mit dem Platz unter dem Apfelbaum.

Oben im Dachgeschoss wird seit Wochen gehämmert und gezimmert.

„Der Lärm ist unzumutbar. Ob die das ganze Haus abreißen?", hört Lisa Fräulein Knittel klagen. „Es ist nun mal nicht zu ändern", kam Frau Hanters beruhigende Antwort, „es wird ja nicht ewig dauern." Eigentlich ist sie mehr betroffen als Fräulein Knittel. Sie wohnt direkt unter Frau Patzkes Dachgeschosswohnung, in die jetzt junge Leute ziehen werden. Frau Patzke musste in ein Pflegeheim. Seit mehreren Wochen schon hatte sie die Wohnung nicht mehr verlassen können. „Ich gehe in ein Pensionat für alte Mädchen, meine Beene wollen nicht mehr so recht", hatte sie gesagt. Es sollte scherzhaft klingen. Aber in ihrer Stimme war Resignation zu spüren.

Fräulein Knittel schimpft unaufhörlich über die künftigen Mieter: „Die jungen Leute sind noch nicht einmal verheiratet!"

Frau Hanter schaut belustigt zu Lisa herüber und lacht ihr helles Achtzig-Lenze-Lachen. „Wir müssen mit der Zeit gehen, Fräulein Knittel", hört Lisa sie sagen, „die Jugend ist heute eben anders. Die Hauptsache ist doch, dass wir mit ihnen und sie mit uns zurechtkommen. Freuen Sie sich doch, dass endlich wieder Leben in unser Haus und vielleicht auch in uns kommt. Ein leichter erfrischender Wind kommt auf und lässt auf Kühlung hoffen. So entschließt sich Lisa, auch in den Garten zu gehen. An der Kellertreppe kommt ihr Fräulein Knittel entgegen. Ihre roten entzündeten Augen sprühen förmlich vor Empörung: „Das hat es früher nicht gegeben, unverheiratet sein und zusammen wohnen. Dass ich das noch erleben muss! Neues Leben in uns bringen, so ein Unsinn! In mir ist noch Leben!" Und bevor Lisa etwas erwidern kann, ist sie auf ihren flinken Beinen auf und davon.

„Manche werden im Alter wunderlich", sagt Frau Hanter, als Lisa sich neben sie setzt. Sehr abgespannt und müde sieht sie aus. So kenne ich sie gar nicht, ihre Augen funkeln und sprühen doch sonst vor Übermut. Ein Ausspruch von Christian Morgenstern kommt Lisa in den Sinn: 'Lachen und Lächeln sind Tor und Pforte, durch die viel Gutes in den Menschen hineinhuschen kann'.

Er könnte es für sie geschrieben haben. Der leichte Wind und die unruhigen Lichteffekte der untergehenden Sonne bringen ein wenig Leben in die Trägheit des Gartens. Nur das Leinengesicht von Emma, der Vogelscheuche, bleibt teilnahmslos.

Frau Hanter ist eingenickt. Wie in Zeitlupe neigt sich ihr Kopf mit den weißen Locken nach hinten. Das gebräunte faltenreiche Gesicht ist jetzt weich – weich wie ausgetrocknete Erde nach einem Regen ... Was lässt sie nur so heiter sein, als hätte sie noch alle Zeit der Welt? Es scheint, als stünde sie dem Leben überlegen gegenüber, als hätte sie die Zeit ausgeschaltet.

Ob dies das Geheimnis des unbeschwerten Alters ist, zeitlos leben? Ein schöner Gedanke.

Heute hat Lisa ihren Vater beerdigt. Freunde von ihm haben ihn auf seinem letzten Weg begleitet. Er hatte mal eine Menge Freunde, doch die sind auch schon weniger geworden – viel weniger.

Nun steht ein schönes Stück Arbeit bevor, die Wohnung muss geräumt werden. Was bleibt? – Sperrmüll! Ein hässliches Wort für ein Stück Leben, das da weg soll. – Abgefahren, eingestampft. Nichts wird bleiben. Nicht einmal die Abdrücke von Händen. Nicht der braune Nikotinschleier – gar nichts.

Eine Frau schaut und fragt:"Darf ich das...."?

„Natürlich, nehmen Sie es nur", antwortet Lisa. Mutters kleines Nähschränkchen, es wird überleben. Sie werden die Garne herausnehmen, es so lange säubern, bis auch an ihm nichts mehr von Mutter haften wird.

Nach dem Tod der Mutter vor neun Jahren hatte Vater in der Wohnung nichts verändert. Viel Zeit hat er sich gelassen, um zu ihr zu gehen. Waren harte neun Jahre. Denn erst als es Mutter nicht mehr gab, meldete sich sein Gewissen, ließ alle schönen Momente in seinem Leben verblassen. Kaum noch, dass sich ein entspanntes Lächeln auf seinem Gesicht zeigte. Dabei schien er das Leben immer leicht genommen zu haben. Die Ehe der beiden war nicht glücklich gewesen. Zu oft hatte er sich etwas Bestimmtes anderswo geholt. Zu lange musste auch noch vom kargen Einkommen ein anderer kleiner Magen gefüllt werden – irgendwo…

Der Schaukelstuhl am Fenster wippt leise, als Lisa ihn berührt. Der Geruch von starkem Tabak hängt noch in der Luft. – Jemand hat schon die Gardine abgenommen, die sonst immer beiseite geschoben war. Vater konnte dann den Himmel sehen – nur ein ganz kleines Stück über den gegenüberliegenden Häusern, deren schmutzige Dächer die Sonne heute golden färbt. Ein schöner Tag. Doch in den Räumen zeigt sich das Sonnenlicht unbarmherzig. Längst hätten die Wände einen Anstrich gebraucht. Ein paar Mal hatte Vater davon gesprochen. Wäre es denn nicht möglich gewesen, die eigenen Dinge einmal zurückzustellen, und an sein Alter zu denken? Man kann nun mal dem Alter nicht befehlen. 'Ich habe noch keine Zeit zum Renovieren, also warte gefälligst!' – Nun ist es zu spät.

Draußen vor dem Fenster haben Kinder Hinkelkästchen auf das Pflaster gemalt und streiten nun, wer beginnen darf. Sie wissen noch nichts von den einzelnen Stationen des Lebens...

Lisa beginnt die Vitrine auszuräumen. Wenigstens diese bleibt in der Familie, gut so. Der Schlüssel hängt etwas locker im Schloss. Sie müht sich ein paar Mal vergeblich, ihn zu drehen, dabei denkt sie an Mutter, als sie so geweint hatte, weil die Schranktür aufgebrochen und die spärliche Lebensmittelzuteilung, die eine ganze Woche reichen sollte, noch spärlicher geworden war. Hungrige Kinder sind wie kleine Raubtiere. Dieser verdammte Krieg war schuld...

Endlich gelingt es Lisa, den Schrank zu öffnen. O je! Er ist vollgestopft. Mutter konnte auch nichts wegwerfen, Es wird schwer sein mit dem Ausräumen. Ein prallgefüllter Schuhkarton, geheimnisvoll mit einer Kordel umwickelt, macht sie neugierig. Sie nimmt ihn, setzt sich in   Während irgendetwas wie ein tiefes Atmen durch den Karton geht, platzt er unter ihren Händen mit einem Mal auf, und ein Teil des Inhaltes fällt auf den Boden. Männer mit gezwirbelten Bärten, auf den Nasen Kneiferbrillen, plötzlich aus ihrem Gefängnis befreit, schauen Lisa irritiert an, ihre Hälse eingezwängt in hohe steife Kragen, die man Vatermörder nennt. Eine treffende Bezeichnung. Mindestens hundert Menschenschicksale, über- und nebeneinander gestapelt, liegen erstaunlich leicht auf Lisas Knien. Die meisten Gesichter sind ihr fremd. Einige rufen Erinnerungen in ihr wach, die lange verschüttet waren.

Ein großes Foto aus hartem Karton lässt sich nur schwer aus der Schachtel holen. – „Vater im Clownkostüm neben seinem Meister am Hochtrapez!", ruft sie erstaunt aus. Es gehörte damals zu ihren kostbarsten Schätzen. Wie stolz war sie doch auf ihren Vater, verehrte ihn und eiferte ihm in vielen Dingen nach. Immer wieder musste er ihr erzählen, wie er vom Trapez hinunter ins Orchester und mit dem Kopf in die Pauke gefallen war. Und immer wieder wollte sie die Narbe auf seiner Stirn sehen. Sie schaut zu dem Foto, das auf der Vitrine steht. – Eine Ähnlichkeit zwischen dem jovial dreinschauenden Mann, der seinen Hut schräg ins Gesicht gezogen trägt, und dem kleinen, etwas traurigen Clown ist nicht zu entdecken.

Die Kinder vor dem Fenster spielen jetzt Auszählen. – Die Spiele sind die gleichen geblieben, denkt sie. Eine Weile hört sie ihnen zu:

„Eene meene Muh, wie alt bist du?
Sieben!
Alt bist du noch lange nicht,
spring dreimal in die Luft und lache nicht!"

Sie weiß es noch genau – die Mitspielenden müssen lauter Faxen machen, und wenn der Springer lacht, scheidet er aus. Lisa konnte dabei nie ernst bleiben.

Das Lachen der Kinder lässt den kleinen Kerl auf dem Foto plötzlich leben. 'Allez-hopp!', hört sie ihn rufen, sieht ihn Purzelbäume schlagen, auf Händen rund um die Manege laufen, immer wieder angespornt vom Applaus des Publikums, seinem 'Allez-hopp!' und dem fröhlichen Lachen da draußen vor dem Fenster. Armer Papa, früher ein Pfau mit gespreizten Federn, beklatscht, bewundert, und dann? Dann war die Familie sein Zirkus und die Manege sein Arbeitsplatz als Kellner. Die Gäste waren ihm ein dankbares Publikum, vor dem er einmal Charlie Chaplin und ein anderes Mal Fred Astaire sein konnte. Er jonglierte mit gefüllten Gläsern oder mit einem Stuhl auf der Nasenspitze, machte einen Handstand hier, einen Stepptanz dort. Niemals brachte er den Gästen normalen Schrittes ihre Bestellungen an die Tische. Sie liebten ihn dafür. Doch manchmal stand er gedankenverloren am Tresen, kaute nervös an seinem rechten Daumen, der die Spuren seines unbefriedigten Inneren trug. In seinem Blick lag die Sehnsucht nach dem anderen – seinem früheren Leben. Für Mutter, seiner Marie, musste er seine Träume begraben, weil sie niemals einen Zirkusmenschen hätte heiraten dürfen. Dabei liebte gerade sie seine Späße so sehr. Aber jedes Mal, so erzählte Mutter, wenn sie ihr Kind zur Welt gebrachte hatte, soll er vor ihrem Bett vor Freude einen Flickflack geschlagen haben. Trotz seiner Schwächen war er ein guter Vater.

Mit der Dämmerung ist es auch vor dem Haus wieder ruhig geworden. Nur noch schwach sind Kreise und Hinkelkästchen zu erkennen, die mit weißer Kreide neben dem Berg von Sperrmüll auf das Pflaster gemalt sind. Bald wird alles verschwunden – nur noch Erinnerung sein. Auf dem Schild an der Haustür wird ein anderer Name stehen. Die Leute, die Lisas Papa gekannt haben, werden manchmal noch fragen: „Weißt du noch ...?" Aber Jahr für Jahr würden es weniger sein...

Bevor Lisa die Wohnungstür schließt, schaut sie noch einmal zu dem Foto, das auf der Vitrine steht. „Allez-hopp, Papa, du warst immer ein Clown geblieben."

Zu Hause angekommen, setzt Lisa sich hin und schreibt, was ihr schon lange auf der Seele liegt:

Liebe Mama, heute haben wir dir Vater gebracht. Er hat sich viel Zeit gelassen, zu dir zu kommen. Aber glaub mir, es war keine schöne Zeit für ihn. An den Schuldgefühlen dir gegenüber hatte er schwer zu tragen. Sehr still war er geworden – so still, wie man es gar nicht von ihm gewohnt war...

Ich liebe dich, Mama. Das weiß ich aber erst richtig, seit du tot bist. Jedes Mal, wenn ich von deinem Grab komme, fühle ich, dass ich dir etwas schuldig geblieben bin – dir nie ein 'Verzeihung' gesagt habe für meine schlechten Gedanken. Ja, wenn du mal meinem Willen nicht nachgeben wolltest und ich dann meine Sachen auf den Boden warf und Bücher zerriss, hatte ich dir in meiner kindlichen Wut Schlechtes, manchmal sogar den Tod gewünscht, besonders wenn du Vater davon erzählt hattest und ich dafür Prügel bekam. Es war Verrat in meinen Augen. Dabei war es doch nur deine Hilflosigkeit – deine engelhafte Hilflosigkeit, die dich meist nur zum Weinen brachte. Du konntest nie schlagen oder strafen. Vielleicht empfand ich das als Schwäche, die ich dann ausnutzte. Im Stillen aber warst du für mich fast eine Heilige. Später habe ich mich oft gefragt, ob deine Liebe ungebrochen geblieben wäre, wenn du von meinen schlechten Gedanken gewusst hättest, ob du dann trotzdem 1944 zweimal nach Podiebrad gekommen wärst, um mich zu besuchen? Ich muss oft daran denken, was du damals auf dich genommen hattest. Jede Fahrt in die Tschechei dauerte drei Tage und zwei Nächte mit dem Zug der 'Klasse Holzbänke'. Das kümmerte dich genauso wenig wie Bombenangriffe und Tiefflieger, die sich einen Spaß daraus gemacht hatten, Züge zu beschießen. Du wolltest zu mir.

Ich habe dir nie gezeigt, wie lieb ich dich hatte. Was wusste ich schon über die Liebe? Als ich klein war, wuchs ich in ihr auf, ohne zu wissen, dass sie mich umgab. Älter geworden hatte ich begonnen, mich nach ihr zu sehnen, doch da war es nicht die Mutterliebe, an die ich dachte, die war ja da – so selbstverständlich da. Ich wollte meinen Hunger

Heute weiß ich, dass du nie ein 'Danke' erwartet hast. Denn seit ich Christina habe, ist mir klar, dass Mütter nicht erwarten, dass man ihnen dankt. Sie spüren es, erst am Druck der kleinen Ärmchen, wenn sie sich stürmisch um ihren Hals legen, später, wenn die Kinder erwachsen geworden sind und kommen, um Trost zu suchen nach einer schmerzlichen Enttäuschung. Was sind dagegen schon Worte, Mama? Wenn du doch nur Christina heute sehen könntest, würdest du staunen, was aus dem kleinen stillen Mädchen mit den großen traurigen Augen für eine hübsche Frau geworden ist, die aber ihren eigenen – etwas anderen Weg geht. Christina glaubt an ein Leben nach dem Tod und daran, dass sie schon einmal gelebt hat. Dieser Glaube hat sie gefestigt und ihr geholfen, die schlimmen Kindheitserlebnisse während unseres 'Familienlebens' mit ihrem Vater zu verarbeiten. So kann sie heute anders darüber denken. Doch meine Schuldgefühle ihr gegenüber, weil ich es nicht geschafft hatte, ihr mit ihrem Vater an meiner Seite ein gerechtes und schönes Zuhause zu geben.

Warum hast du dich nur so früh für immer verabschiedet? Ich hätte dich so gerne einmal auf einer Parkbank sitzen sehen, losgelöst von Arbeit und Sorgen. Ach Mama, es ist so schön, auf einer Parkbank zu sitzen und einfach nur in den Himmel zu schauen. Dabei fällt mir ein, wie sehr du die Musik von Lehar liebtest. 'Himmelsmusik' hattest du sie genannt. Meistens summtest du nur mit, weil du den Text nicht kanntest, und das klang so wunderschön, wie man es nicht schöner aus einer Violine hätte zaubern können. Du müsstest die Musik heute hören, in Stereo von einer CD. Sie klingt viel schöner als damals aus unserem kleinen Volksempfänger oder später aus dem Grundig-Radio, an dem Vater ständig herumgebastelt hat, weil das Geld für ein neues Gerät fehlte.

Höre ich heute Musik von Lehar, dann höre ich dich summen, leise – ganz leise, und denke, dass 'da drüben' doch etwas sein muss, etwas von dem, an das Christina so fest glaubt. Vielleicht wissen wir wirklich zu wenig über die Geheimnisse des Lebens und des Todes.

Ich bin nun fast so alt wie du damals, als du von uns gegangen bist. Was meinst du, ob ich wohl noch ein wenig länger leben darf, als du es konntest?

Ach, Mutsch, ich vermisse dich so sehr...

Nach dem Begräbnis hat Lisa einen Entschluss gefasst. Sie muss einen klaren Kopf bekommen, will sich frei machen, von etwas, was eigentlich schon von Anfang an zum Scheitern verurteilt war, und was sie quälend mit sich herum trägt.

Sie hatte sich verliebt…

Ein paar Tage Urlaub hatte sie noch. So macht sie sich mal wieder auf den Weg nach 'Irgendwo' (der richtige Name soll hier keine Rolle spielen). Der Ort liegt etwa auf der Mitte eines Berges, der an einer Seite kahl und steil zum Meer abfällt und sich auf der anderen Seite über das Tal hinaus fortsetzt, bewaldet ist und von oben gesehen wie ein wogendes grünes Seidentuch aussieht. Ihr Lieblingsplatz ist die Bergspitze. Dort oben findet sie meistens wieder festen Boden unter den Füßen, nehmen ihre Gedanken klare Formen an.

Bei ihrer Ankunft hängt eine dunkle Wolke über dem Berg. Wie eine Riesenfaust scheint die Schwüle alles erdrücken zu wollen, den Ort und auch sie selbst. Aber dann entlädt sich mit einem Mal die angestaute Spannung in der Luft. Schlag auf Schlag spalten Blitze den dunklen Himmel. Wolken spucken große Blasen auf das Kopfsteinpflaster des Kirchplatzes, und ein wütiger Sturm rüttelt an Baumkronen und Fensterläden. Lisa öffnet das Fenster, empfängt den Sturm mit ausgebreiteten Armen. Er fährt ihr durchs Haar, zerrt an ihrer Bluse wie ein liebestoller Freier.

So schnell die Dunkelheit gekommen war, erstrahlt auch alles wieder im Sonnenlicht. So macht sie sich auf den Weg hinauf zum Berg. Durch dichtes Unterholz hindurch stolpert sie über Baumwurzeln, höher und höher, streift tief hängende Zweige, überspringt kleine Felsspalten. Sie merkt nicht, dass sie sich verirrt hat, bis sie eine Stimme hört: „Wenn Sie so weitergehen, ohne auf den Weg zu achten, könnten Sie leicht den Steilhang hinab ins Meer stürzen." Sie nimmt erst gar nicht wahr, dass die Worte ihr gelten, doch dann fährt sie zusammen. Nicht dass die Stimme sie erschreckt hätte, sie klang sanft, ihre Wahrnehmung ist ruckartig zurückgekehrt in ihren Körper, der sich bis dahin ziellos vorwärts bewegt hatte.Tatsächlich steht sie vor einer größeren Felsspalte unweit des Steilhangs. Sie ergreift die schmale gepflegte Hand, die sich ihr entgegenstreckt und schaut in das Gesicht eines älteren Herrn, dessen silbrig-weißes Haar einen lebhaften Kontrast zu der Bräune seiner Haut bildet. Längst steht Lisa wieder auf sicherem Boden, doch ihre Hand liegt immer noch in der des Fremden, der sie etwas belustigt anschaut. Dann spürt sie einen leichten Druck, und für Sekunden hängt ihr Arm haltlos in der Luft. Bis zum Plateau gehen sie gemeinsam. Dort verabschiedet er sich mit ein paar warnenden Worten, und dabei lächelt er – lächelt hinein in die Sinnlosigkeit ihres augenblicklichen Lebens.

Ein einziger Alptraum war das Jahr, denkt Lisa, ein hoher Preis für wenige Stunden Glück. War das Glück? Oder war es nur das Neue, das erst über sie hereingebrochen war, nachdem sie schon geglaubt hatte, dass das Alter ohnehin jedes Recht auf Liebe und Verlangen verloren habe. Es hat ihr nichts ausgemacht. Das Körperliche war ihr noch nie wichtig. Sie lebte doch schon viele Jahre mit Paul nur freundschaftlich zusammen. Und plötzlich ... Es geschah mit einer Leidenschaft. Sie sagt nicht, dass sie es bereut. Man kann nicht bereuen, was nicht zu verhindern war, und was stärker ist als alle guten Vorsätze ... Nur fragt sie sich, weshalb ihr das erst im Alter passieren musste? Aber wann ist man schon alt? Gut, äußerlich altert man, aber nicht innerlich, sie hatte Lisa betrachtet die Wolken, die sich eitel im Spiegel des Meeres wiegen, wie sie davon schweben, schwerelos, zeitlos. So müsste das Leben sein ... Sie will sich nicht mehr den Kopf zerbrechen. Sie wird sich einfach wieder in ihre alte Haut zurückziehen und weiter auf das Greisenalter warten Mit diesem Vorsatz macht sich Lisa auf den Rückweg. Sie nimmt die Abkürzung, von der man bis ins Tal hinunter sehen kann, und wo Sonne, Wolken oder Abenddämmerung immer wieder den Ausblick verzaubern. Dort bleibt sie noch eine Weile im warmen Gras sitzen. Erst als der Abend leicht wehend von dem bewaldeten Berg Besitz zu nehmen beginnt, setzt sie ihren Weg fort.

Die Häuser am Kirchplatz liegen noch in der Abendsonne, als Lisa dort ankommt. Durch die weit geöffnete Kirchentür klingt Orgelmusik. Sie will noch nicht ins Hotel zurück, also geht sie den Klängen nach. Als sie sich in der vollbesetzten Kirche suchend nach einem freien Platz umschaut, sagt eine Stimme: „Guten Abend, würden Sie sich zu mir setzten?" Es ist die gleiche sanfte Stimme, die sie heute schon einmal aus ihren Gedanken geholt hat.

Und wieder streckt sich ihr die Hand entgegen und hilft ihr in die Bank. „Schön, dass Sie da sind", flüstert er ihr zu. Verlegen legt sie die Hände ineinander, beugt den Kopf vor und verharrt einen Augenblick in Andacht, dabei sind ihre Augen auf ein Papier gerichtet, das vor ihr liegt. Sie liest, ohne dass ihr etwas ins Bewusstsein dringt. Erst als das Orchester einsetzt, wird ihr das Gelesene bewusst: Mendelsohns 'Paulus' Sie ist froh, hier zu sein. Mendelsohn mag sie. Auch ihr Nachbar scheint ihn zu mögen, denn manchmal spürt sie seine Begeisterung, spürt seinen Blick auf sich ruhen, als suche er in ihrem Gesicht Zeichen einer Übereinstimmung mit seinen eigenen Gefühlen.

Auf dem Weg zum Hotel sagt er plötzlich: „Das Leben ist doch schön, finden Sie nicht auch?" Und sie antwortet: „Ich möchte wissen, weshalb man im Alter das Leben schön finden soll."

„Ja, ja, sagt er, bei dem Makel des Alters verweilen die Menschen gerne. Aber entscheidend ist doch die Seele und die altert nicht. Jetzt kann man doch das Leben so intensiv genießen, wie es in der Jugend niemals möglich war. Jeder Tag kann eine Kostbarkeit sein - muss eine Kostbarkeit sein wieder heutige. Warum nur empfinden Sie nicht auch so?" Lisa antwortet nicht. Im Stillen gibt sie ja zu, dass der Tag schön geendet hat. Aber weshalb sollte sie es ihm eingestehen? Vielleicht gibt sie ihm mit ihrem Schweigen ein Gefühl von Überlegenheit. Männer brauchen dieses Gefühl. Soll er doch. Was interessiert sie das? Obwohl – eigentlich ist sein Ausdruck eher besorgt...

Am anderen Morgen ist Lisa sehr früh aufgewacht. Wie konnte sie nur zustimmen, als er ihr vorschlug, mit auf den Berg zu kommen? Da der Himmel etwas verhangen ist, hofft sie auf Regen. Dann käme sie vielleicht um ihr Versprechen herum. Aber nach dem Frühstück hatten die Wolken sich verzogen. Na gut, was macht es schon, wenn er sie begleitet. Als sie das Hotel verlässt, kommt er ihr entgegen. „Ich hoffe, Sie haben gut geschlafen", sagt er, dabei nimmt er ihre Hand, die er erst wieder freigibt, als sie sie ihm entzieht.

Der Weg erscheint Lisa heute weniger lang als sonst. Ihr Begleiter ist ständig bemüht, sie aufzumuntern. Sein Füllhorn voll heiterer Geschichten scheint nicht leer zu werden. Sie muss gestehen, dass sie ihm gerne zuhört. Seine Fröhlichkeit, seine Gelassenheit tun ihr gut. Manchmal muss sie richtig loslachen, und dann lachen sie beide.

Niemand außer ihnen scheint unterwegs zu sein. So sitzen sie am Mittag auch allein im Garten eines Restaurants, wo es angenehm kühl ist. Die Bäume verdecken den Himmel, und die Sonnenstrahlen, die sich durch die unruhigen Blätter drängen, tanzen zerrissen über Tische und Rasen. Es bleibt Lisa nicht verborgen, dass er gern mit ihr zusammen ist. Seine

Annäherungen, die zu vertiefen er sich nicht traut, findet sie rührend...

Zärtlichkeit! Ja, das war es, was sie vermisst hatte bei den vergangenen stürmischen Begegnungen mit dem Mann, in den sie sich unsterblich verliebt zu haben glaubte. Aber es war jedes Mal nur ein hastiges Zusammensein ohne zärtliches Berühren – ohne zärtliche Worte...

Plötzlich sieht Lisa wieder ganz klar. Sogar die Luft erscheint ihr federleicht...

In dieser Nacht schläft sie tief und fest. Als sie aufwacht, möchte sie am liebsten barfuß in den Morgen hineinlaufen. Der neue Tag, der sich vor ihr auftut, begeistert sie wieder. Auch der nächste und übernächste. Dann muss sie abreisen.

„Danke für die schönen Tage", sagt er, als Lisa das Abteilfenster heruntergezogen hat. Er läuft noch ein Stück neben dem Zug her, als dieser sich in Bewegung setzt. „Lisa, würden Sie mich heiraten?!", ruft er in den Fahrtwind hinein. Lisa lacht. Erst, als er nur noch als kleiner Punkt in der Ferne zu sehen ist, schließt sie das Abteilfenster. – Ihr Kopf ist endlich wieder frei und das Leben ist schön. Verrückt, denkt sie, da hätte ich doch beinahe wieder meiner jungen Seele das Leben genommen...

Nach einem total verregneten Winter, kündigt sich der Frühling an. Ein Augenschmaus nach dem vielen Grau, denn seit zwei Tagen verzaubert er gol-

den-warm das schwarze Geäst, lässt gelbe und zart-
grüne Hügellandschaften entstehen. Ein Singen ist in
der Luft, und es duftet nach warmer Erde.

Lisa dagegen verströmt den Geruch von der Salbe
auf ihrer Haut, ihr geht es nicht gut. „Gürtelrose",
hatte der Arzt gesagt. Gegen Rosen hat sie ja wirklich nichts. Sie liebt Rosen.

Ruhe bewahren, heißt es jetzt für sie. Nicht nur die
Geburtstagsfeier fällt aus, sondern zu allem Übel
auch noch ihr Computer – das heißt, der Monitor. Er
ist im Eimer, sozusagen. Auch das noch! Höhere
Gewalt? – Wer daran wohl gedreht haben mag?

Etwas für die Gesundheit tun ist angesagt. Der Arzt
rät zu Waldspaziergängen als Balsam für die ehe-
und computergestressten Nerven. Nun wird sie not-
gedrungen ihrer 'besseren Hälfte' auf den Wecker
gehen – ihn in seiner gepachteten 'Waldesruhe' stö-
ren müssen, dort ist er nun mal lieber alleine.

„Guten Morgen!", sagt sie schläfrig, als sie in die
Küche kommt. Wie jeden Morgen – vorausgesetzt,
der Ehehimmel ist wolkenlos – legt sie zur Begrüßung die Arme um seinen Hals, und er die seinen
um ihre Hüften und sagt: „Da isse ja", bevor er ihr
einen Klaps auf den Po gibt. Das ist schon viel, denn
seine liebende Seite ist recht knapp geschnitten.
Aber die Art, wie er ihr guten Morgen sagt, die mag
sie, denn dieses 'Da isse ja' klingt in ihren Ohren
wie – ja, wie das Bullern eines Kachelofens – warm,
aus dem tiefen Inneren kommend. Und wer diesen

mürrisch scheinenden Einzelgänger gut kennt, der kann verstehen, warum das für Lisa etwas Besonderes ist. In dieser Geste steckt seine Junggesellen-Schüchternheit, eine rührende, etwas verschämte Innigkeit, die sich aber schlecht einordnen lässt, wie fast alles bei ihm.

Oh, wie beneidet sie den Schlaf, den sie auf dem Bettlaken zurücklassen musste. Trotz der Kalt-Wasser-Güsse fällt es ihr schwer, die Augen richtig zu öffnen. „Bin ich noch müde", sagt sie gähnend, immer noch an Pauls Schulter gelehnt. „Das macht das Alter", erwidert er, „du brauchst doch noch nicht aufzustehen."

„Ich werde doch nicht das bisschen Zeit, das mir noch bleibt, verschlafen", meint sie. „Soon Quatsch!", sagt Paul, lässt Lisa los und holt unter dem Tisch einen Strauß dunkelroter Rosen hervor. Nur an runden Geburtstagen bekommt Lisa Blumen, immer dunkelrote Rosen. Da will er sich nicht lumpen lassen. Er nimmt sie noch einmal so richtig in den Arm, was sie auch genießt.

„Herzlichen Glückwunsch zum achtzigsten Geburtstag", sagt er theatralisch. Typisch, halst anderen gern sein eigenes Alter auf. Selbst mogelt er sich möglichst unauffällig durchs Leben, ignoriert seine Geburtstage, auch die runden, wie einer, der vom Gespenst 'Alter' nicht ertappt werden will.

Ein wenig hat seine Gleichgültigkeit schon auf Lisa abgefärbt. Zum Beispiel sind Hochzeitstage auch bei ihr schon lange in Vergessenheit geraten. – Hätten sie denn nicht irgendwann vor fünf Jahren Silberne feiern müssen...?

Aber ihren runden Geburtstagen kann Paul nicht entkommen. Die Vorbereitungen bringen seinen Alltagstrott total durcheinander. Shakehands und Small Talk beim Geburtstagsempfang geben ihm dann den Rest. – Da stellt sich doch die Frage, schenkt er die Rosen ihr zur Freude, oder sind sie Ausdruck seiner Glückseligkeit, bald wieder seine Ruhe zu haben? Und – war da nicht gerade in seiner Stimme eine Zufriedenheit zu spüren? Wie bringt sie ihm nur bei, dass die Feier nur aufgeschoben ist, und er sie noch vor sich haben wird?

Wie jeden Morgen hat er schon gefrühstückt um sieben. – Heute hätte er ruhig mal den Tisch decken können. Zur Abwechslung mal gemeinsam frühstücken wäre schön gewesen. Aber wie immer steht nur die Kaffeetasse an Lisas Platz. Den Rest des Tisches bedeckt die Zeitung. Doch immerhin bemüht er sich, aus dem Sammelsurium des Spülmaschinengeschirrs die gleichen Tassen herauszusuchen. Das ist doch schon ein ganz kleiner Ansatz von Tischkultur. Er ist ja der Meinung, er habe Tischkultur, halt nur eine andere – eine Junggesellen-Tischkultur eben. Inzwischen passt Lisa sich ihm aber auch gerne an – der Bequemlichkeit wegen. Also nimmt sie auch heute die Stulle auf die Faust und vertiefe sich in die Zeitung.

Nun muss die Geburtstagsfeier vorbereitet werden. – Jetzt muss Paul doch dran glauben, ob er will oder nicht.

Lisa ist im Keller und sucht die Dekoration für den Geburtstagstisch. Dabei findet sie in einem verstaubten Karton eine Bluse, die ihr irgendwann mal die erste Schwiegermama zusammen mit einem petrolfarbenen Kostüm, einem dazu passenden Hut und Spitzenhandschuhen verordnet hatte. Sie war der Meinung, all dies gehöre zu einer richtigen Dame. Schwiegermama hatte immer zu wissen geglaubt, was für Lisa gut wäre...

Obwohl Lisa das Kostüm nach einiger Zeit zähneknirschend lieb gewonnen hatte, natürlich nur wegen Schwiegermama, trennte sie sich davon. Es war ihr zu aufdringlich geworden, schmiegte sich an, als wolle es sie erdrücken.

Schwiegermama war sichtlich verstimmt, und Lisas innere Stimme sagte: 'Ich habe dich gewarnt. Du solltest ...!' Aber wollte sie? Außerdem wusste sie inzwischen selbst, was für sie gut war.

Die Bluse, die wegen der kostbaren Spitze zur Wiederverarbeitung in den Keller gewandert war, lag nun vor ihr, und es drängte sie, sie anzuziehen. Das Vorderteil reichte im Umfang nur von einer Brustwarze zur anderen und die Armlöcher der ärmellosen Bluse umspannten ihre Oberarme wie Schraubstöcke. Jede Bewegung schmerzte. Mit diesem fatalen Ergebnis hatte sie wirklich nicht gerechnet! Da stand sie nun mit ausgestreckten Armen vor Paul und sagte lachend: "Kannst du dir vorstellen, dass mir die einmal gepasst hat?"

Paul grinste hinterhältig und meinte, sie sei jetzt eine doppelte Existenz. – Zwar gemein, aber wo er Recht hat, hat er Recht. – Bestimmt wäre sein Blick vernichtend gewesen, wenn er die Ursache dieser Verdoppelung gekannt hätte, die Lisa, so gut es ging, für sich behalten hatte.

Sie schaute in den Spiegel – na und? Von ihrer Fülle werde sie an ihrem Geburtstag mit allen Mitteln ablenken. Sie wird sich festlich schmücken, wie einen Oldtimer auf Hochglanz polieren, das Haar mit einem leichten Rotstich tönen, ein dezentes Make-up, und um Gottes Willen kein zu enges Kleid. Schließlich muss man ja nicht alles preisgeben...

Viele werden kommen, um mit ihr anzustoßen. Sie wird die bei solchen Gelegenheiten üblichen Komplimente höflich lächelnd über sich ergehen lassen und sich fühlen wie ein dicker, gut gepflegter Mercedes mit noch mächtig viel Schubkraft unter der Haube, und einem Motor, der zwar etwas zu stark gefettet, aber sonst total in Ordnung ist, wie man ihr neulich noch bei der 'Inspektion' bestätigt hatte.

Aber die doppelte Existenz will ihr einfach nicht aus dem Kopf gehen. Sie kommt nicht mehr am Garderobenspiegel vorbei, ohne sich ständig zu betrachten

... Da sind diese kleinen Schwellen um Augen, Mund und Wangen, die an eine verkehrsberuhigte Straße erinnern. Immer wieder versucht sie mit den Daumen rechts und links der Wangen die Haut etwas zu den Ohren hin zu straffen – sozusagen nach dem Antlitz der Jugend zu forschen ... Eine vage Erinnerung ist da schon noch. Aber der Lack ist ab. Was soll's? Schönheit und Weisheit gesellen sich eben nur selten. Sie wird sich eben mit der Weisheit begnügen müssen. Schließlich kann man nicht alles haben.

Dafür aber schwimmt sie jetzt, wie es irgendwo geschrieben stand, auf der so genannten zweiten Leistungswelle. Sollen die schönsten Jahre des Lebens sein. Ha, ha! Abwarten! Irgendwo und irgendwann wird sich diese Leistungswelle ja bemerkbar machen.

Irgendwo ...? O Gott!

Madam haben ja schon wieder zugelegt! Warum gehen die Pfunde auch statt in die Breite nicht in die Länge? Und warum nur wird im Alter die Körperkraft weniger, während die Pfunde mehr werden? Was ihr weit geschnittenes Kleid nun wieder ausfüllt, beunruhigt sie jetzt doch ein wenig, denn auch ihre Taschen werden immer größer, sind mit den Jahren genauso gewachsen wie der Stoffverbrauch für ihre Kleider. Was schleppt sie auch alles mit sich herum? Zellstoffartikel, Faltencreme, Puderdose, Pillchen für den Kreislauf, gegen Kopfschmerzen, Herztropfen, sie weiß nicht, was noch alles. Die neue Tasche zeigt auch schon wieder Beulen. Aber – gerade wollte sie sagen, besser die Tasche als ich. Doch der Blick in den Spiegel gebietet ihr zu schweigen. Was ist denn geworden aus der weich fließenden Linie ihres erst kürzlich neu erworbenen Kleides, unter dem sich alles so toll verbergen ließ? Nun muss sie ja schon wieder die Garderobe erneuern! –...?

Hat Paul nicht neulich gesagt, rundliche Frauen wären gemütlich, gutmütig und warmherzig? Dann mag er doch pummelige Frauen! Und wenn Paul pummelige Frauen mag, warum sollte sie da nicht ihr Geheimnis lüften und ihm endlich sagen, dass es die Champagnertrüffel sind, die sie immer pummeliger werden lassen. Dann wäre endlich Schluss mit den Heimlichkeiten, und sie könnte ohne schlechtes Gewissen und in aller Ruhe ihre geliebten Trüffel weiter essen.

Aber was wäre, wenn Paul doch anders dächte, und sie am Ende womöglich verzichten sollte? Was bliebe ihr dann noch ohne diese braunen, schmelzigen, in Zucker gehüllten Köstlichkeiten? Sie sind es doch, die ihr all ihre geheimen Sehnsüchte überwinden helfen. Sie sind es, die ihr Freude am Leben und die Kraft dazu geben, wo doch Kraft und Freude im Alter ohnehin mehr und mehr nachlassen.

Zum Glück gilt das ja nicht für die innere Kraft, der sie sich längst bewusst werden durfte. Sie ist einfach ein Gottesgeschenk, diese innere Kraft! – Nur sollte sie nicht unbedingt alles so stark nach außen drücken.

Aber da Lisa nun mal für ihr Leben gern Champagnertrüffel isst, beschließt sie, Kraft ihres Alters, ihr Geheimnis weiterhin zu wahren, die genüssliche Versuchung niemals aufzugeben und ihrem Anblick im Spiegel einfach mit Humor zu begegnen ...

Bevor die Geburtstagsgäste kommen, muss Paul mit Lisa dringend in die Stadt, denn er braucht unbedingt eine neue Hose. Sein Gebrummel deswegen wird sie wohl noch überstehen müssen.

Es ist nicht so, dass Paul sonst keine Hose hätte. Es gibt so viele, in allen Farben, für alle Gelegenheiten, die Paul nach eigenem Bekunden immer nur Lisa zuliebe wahrgenommen hat. Aber die Abstände zwischen diesen gemeinsamen Unternehmungen wurden mit der Zeit immer länger. Und da nicht nur Pauls Unlust wuchs, sondern auch Paul selber, war meist für jede Gemeinsamkeit, vor der Paul sich nicht drücken konnte, eine neue Hose fällig. Nachdem diese dann ihren Zweck erfüllt hatte, wurde sie von Paul 'für den Alltag zu gut' befunden und wanderte in den Schrank zu den anderen zwanzig Hosen, die ihm auch erst zu gut, und dann zu eng geworden waren.

Jetzt trägt er immer nur eine, in der er sich umso wohler fühlt, je ausgebeulter sie ist. Ehrlich gesagt, wenn die Hose nicht so dringend nötig wäre, weil Lisas Geburtstagsfeier ansteht, würde sie sich lieber hinlegen und eine CD auflegen, denn mit Paul Klamotten einzukaufen würde sie ihrem ärgsten Feind nicht zumuten. Die erste Hürde ist genommen, Paul kommt am Nachmittag mit. Verkaufsoffener Samstag. Die Stimmung ist gut, obwohl der Bus überfüllt ist, was Paul gar nicht ausstehen kann. Als sich dann auch noch ein Musiker mit seiner Bassgeige hineinzwängt und versucht sein Instrument unterzubringen, zeigt Paul sich ziemlich ungehalten. Sein Kommentar: „Flöte hätten Sie lernen sollen, dann bräuchten Sie weniger Platz."

Ein süffisantes Lächeln auf der einen, Kichern auf der anderen Seite. Eine junge Frau meint: „Es gibt Schlimmeres. Stellen Sie sich vor, er spielte Orgel." Alle lachen, nur der Bassgeiger nicht. Hoffentlich hält sich Pauls gute Laune.

Nach zwei Anproben wird er schon ungeduldig, schwitzt, stöhnt, sein Bauch ist ihm im Weg, keine Hose, die Lisa ihm anreicht, ist die richtige. Entweder ist sie im Bund zu eng, zu weit, zu hell, zu dunkel oder sie hat eine Bügelfalte. Bügelfalten hasst Paul grundsätzlich.

„Die sitzt doch ausgezeichnet", wagt Lisa einmal zu sagen.

„Ich muss sie tragen", ist die Antwort.

Ihre Meinung ist nun mal nicht gefragt. – Ruhe bewahren! Irgendwann wird auch dieses Procedere vorbei sein. Der Verkäufer ist unverändert höflich. Endlich! Paul hat sich entschieden. Doch am Montag wird sich garantiert noch der Änderungsschneider der Hose annehmen müssen, denn zu Hause wird Paul wieder feststellen, dass sie doch nicht so gut passt. Die Hauptsache ist aber für Lisa, dass er nun endlich wieder – wenn auch nur für kurze Zeit – eine Ausgeh-Hose hat. Und da er außer in den Wald selten ausgeht, und die übrige Zeit an der Staffelei steht, wird diese Ausgeh-Hose schon bald eine Wald- und etwas später eine Mal-Hose mit vielen bunten Flecken sein. Und sollte Lisa ihn dann irgendwann mal wieder bitten, sie irgendwohin zu begleiten, wird er garantiert wieder die Frage stellen: „Welche Hose ziehe ich denn an?" Und dann werden sie beide entweder schnell eine neue Ausgeh-Hose kaufen oder Paul wird zu Hause bleiben, und sich in seiner vielleicht oder vielleicht auch nicht – zu bunten Ausgeh-, Wald -und Mal-Hose, mit offenem Bund natürlich, unendlich wohl fühlen. Und sich wohl zu fühlen, ist nun mal das Wichtigste für Lisas Paul.

Nun muss noch schnell der Winterschmutz von den Scheiben und die Gardinen gewaschen werden. Das ist dringend nötig, bevor die Geburtstagsgäste kommen.

Danach kam die Müdigkeit und drängte Lisa zu einer kleinen Pause. Und dann kam plötzlich die Sonne ins Zimmer. Im gleichen Moment machte der Recorder Klack und schwieg. Chopin und etwas Ruhe haben Lisa gut getan. Nächste Woche wird es eng in der Wohnung. Die Auswahl der Gäste war nicht leicht. Viele Menschen hat Lisa in ihrem Leben kennen gelernt, manche haben sie beeinflusst. Nun hat sie sich vorgenommen, endlich nur noch Menschen in ihren engeren Kreis zu lassen, die Lisa so akzeptieren, wie sie ist, und die ihrer Seele gut tun. – Lisa wusste gar nicht, dass es so viele sind...
Siebzig Jahre! Eigentlich wollte sie die vergangene Zeit nicht mehr abwägen gegen die, die ihr vielleicht noch bleiben würde. Manchmal aber nagt dieser Gedanke noch leise an ihr. Was ihr Äußeres betrifft, ist es längst nicht mehr so, dass sie jede neue Falte mit Sorge erfüllt. Es sind auch nicht die blauen Äderchen, die Altersflecken oder die glanzlosen Augen – nein, nicht das Spiegelbild ist es, das Lisa zu schaffen macht. Es ist die Kluft zwischen dem Inneren und dem Äußeren – ja, das ist es! Zum Beispiel ist ihr bei den wöchentlichen Treffen mit überwiegend jungen Autoren manchmal, als wisse sie nicht so recht, wo sie hingehört – wo sie sich einordnen soll – eine Unsicherheit, wie sie sie in ihrer Pubertät empfunden hatte. Doch meistens fühlt sie sich mit ihren Ansichten, ihrer Lebendigkeit ihnen ebenbürtig und vergisst, wie viel älter sie ist.

Siebzig Jahre! Ein langes Leben – eine Berg- und Talfahrt, die mit viel Optimismus bezwungen werden musste. Sie hatte nie erwartet, dass ihr jemand zur Seite stehen würde, hatte immer selbst zugepackt. Und aus den Tälern, in denen sie sich oft befand, wieder auf den Berg zu kommen, war jedes Mal ein Erfolgserlebnis, von denen sie keines missen möchte. – Sicher, als ganz junges Mädchen hatte sie auch einmal davon geträumt, zur großen Gesellschaft zu gehören, Geld und ein schönes großes Haus zu haben. Aber ob sie dann glücklicher geworden wäre? Sie fühlt sich wohl, hat trotz des Alters ein gutes Lebensgefühl. Ihr Leben ist lebendig – bereichert durch sinnvolle Tätigkeiten und die freundschaftliche Verbundenheit mit Paul. Und was ihre Erwartungen an die Ehe betrifft, hat sie inzwischen gelernt, Grenzen zu akzeptieren. – Doch nach wie vor hasst sie Ungerechtigkeit, Unehrlichkeit und dass sie ständig an den Nägeln knabbert. Sie ist selbstkritisch, leidet unter der Angst, jemanden zu verletzen, meidet Auseinandersetzungen, möchte deshalb nicht gern mit Besserwissern und Wichtigtuern zusammen sein. Doch sie toleriert auch sie, wie sie alle Menschen toleriert, egal wie sie sind. Noch etwas: Sie mag keine Fremdwörter, ärgert sich aber, dass Begriffe, wie Präsens und Imperfekt ihr nicht geläufig sind, weil sie nur die deutschen Ausdrücke gelernt hat. Nur das Wort Adjektiv, das hat sie sich gemerkt, weil früher ein Überangebot an

Adjektiven in ihren Geschichten ständig bemängelt worden war.

Natürlich war auch Lisa berufstätig. War fast dreißig Jahre in der gleichen Firma. In der letzten Zeit allerdings nur noch gelegentlich. Das hätte sie nie für möglich gehalten, aber diese Firma war für sie wie eine intakte Familie. Da spürte man Vertrauen. Man konnte selbständig arbeiten. Selbstvertrauen und Arbeitseifer konnten wachsen und damit auch ein Gefühl von Mitverantwortung für das Gedeihen der Firma. Und das ist nun auch vorbei. In den dreißig Jahren gab es drei Abschiede vom Arbeitsleben. Dieser soll nun endgültig sein.
So ganz wohl ist ihr dabei nicht. Ein neuer Lebensabschnitt wird also beginnen. So sehr sie sich auch auf den 'Ruhestand' gefreut hatte, um Zeit für ihre vielen Hobbys zu haben, wird sie sicher noch eine Zeit brauchen, sich an einen anderen Rhythmus zu gewöhnen ... Bisher war ihre Welt immer in Ordnung. Wenn sie in ihren vorteilhaft beleuchteten Spiegel schaute, bevor sie morgens zur Arbeit ging, fand sie nichts an sich auszusetzen. Aber jetzt fühlt sie sich alt, farblos, etwas vernachlässigt und lustlos, wenn sie in den Spiegel schaut, und wenn dann dieser verflixte hinterlistige Herbst auch noch die Sonne anknipst, glaubt sie, ihn sogar schadenfroh kichern zu hören: 'Das sind die Jahre, hihi, das sind die Jahre ...'

Du hast gut lachen, Herbst, dir können die Jahre nichts anhaben. Du wirst immer wiederkommen, so, wie du gegangen bist, als Herbst, schön oder hässlich, wie es dir gerade passt. Ich aber werde nur einen Herbst haben. Am Tag des endgültigen Abschieds lauerte er schon vor dem Bürofenster, als sie ihrem Schreibtisch Ade sagen musste – ein lauernder Herbst, wie ein Panther vor dem Sprung, bereit, sie zu vereinnahmen. Sie hat Abschied genommen vom Berufsleben, von liebgewonnenen Menschen, von einem liebgewonnenen Platz. Auch von den täglichen Busfahrten und sie hofft, dass die Erinnerungen von damals zur Ruhe kommen werden – Erinnerungen, die jeden Tag auf dem Weg zur Arbeit und zurück ihre Gedanken füllten, die vielen schwarzen Kreuze mit der weißen Aufschrift: 'Hier ruht ein unbekannter Russe', die gleich nach dem Krieg aufgestellt wurden. In Reih und Glied standen sie auf der Wiese vor dem Theater, anklagend, mahnend. Dann die schöne alte Salvatorkirche, als sie deren Turmspitze brennen sah. Gegen den schwarzen Himmel sah es aus, als kämpfe ein Riese gegen ein loderndes Feuer, bis er zusammenfiel. Der Turm fehlt noch. So wird er immer eine mahnende Erinnerung bleiben. Sie denkt an die heftigsten Bombenangriffe, drei in knapp 24 Stunden. Die Kälte kriecht wieder an Lisa hoch, wenn sie an diesen Oktober '44 denkt. Bei drei Angriffen wurden 9000 Tonnen Brand- und Minenbomben auf ihre geliebte Stadt

geworfen, und 2500 Menschen starben im Bomben-
hagel. Gott sei Dank gehörte ihre Familie zu den
Überlebenden.

Es ist lange her als Lisa begonnen hatte, die Kriegserlebnisse nieder zu schreiben – sich von der Seele
zu schreiben, wie man so schön sagt. Aber Lisa hat
die Erfahrung gemacht, dass die Seele nur das her-
gibt, was man verzeihen kann, wie das, was sie mit
Eric erlebt hat. Ihm hat Lisa verziehen. Aber kann
man einem Krieg verzeihen...? – Oder dem der ihn
angezettelt hat? Das gibt die Seele nicht her. Es sitzt
tief verwurzelt und quält, wenn davon geredet wird.
Erst neulich wurde Lisa zu einem Psychologen-
Treffen gebeten, in dem es um die Bewältigung von
Kriegserlebnissen ging. Bei diesem Treffen sollte
Lisa einige ihrer Kriegsgeschichten lesen, was sie
aber aus gesundheitlichen Gründen einer anderen
Person überlassen hatte. Schon das Zuhören machte
ihr Probleme, und ihr wurde klar, dass sie es selbst
nicht hätte lesen können. Sie schafft es nicht ohne
dass die Augen überlaufen. Selbst Geräusche eines
Hubschraubers, das Brummen von Flugzeugen bringen die Erinnerung immer wieder zurück. Aber damit müssen auch viele andere leben, wie sich auf
dem Psychologen –Treffen herausgestellt hat.
Und darum sollten Erinnerungen nicht verloren gehen – auf dass kommende Generationen nicht mehr
mit solchen Erinnerungen leben müssen.